ORS

UNA PASIÓN EN EL OLVIDO
JENNIE LUCAS

Editado por Harlequin Ibérica.
Una división de HarperCollins Ibérica, S.A.
Núñez de Balboa, 56
28001 Madrid

© 2009 Jennie Lucas
© 2016 Harlequin Ibérica, una división de HarperCollins Ibérica, S.A.
Una pasión en el olvido, n.º 2515 - 28.12.16
Título original: Bought: The Greek's Baby
Publicada originalmente por Mills & Boon®, Ltd., Londres.
Este título fue publicado originalmente en español en 2010

I.S.B.N.: 978-84-687-8923-1
Depósito legal: M-34165-2016
Impresión en CPI (Barcelona)
Fecha impresion para Argentina: 26.6.17
Distribuidor exclusivo para España: LOGISTA
Distribuidores para México: CODIPLYRSA y Despacho Flores
Distribuidores para Argentina: Interior, DGP, S.A. Alvarado 2118.
Cap. Fed./Buenos Aires y Gran Buenos Aires, VACCARO HNOS.

Capítulo 1

TALOS Xenakis había escuchado muchas mentiras a lo largo de su vida, en particular sobre su hermosa y cruel ex amante, pero aquella se llevaba la palma.

—No puede ser verdad —dijo escandalizado mientras observaba al médico—. Está mintiendo.

—Señor Xenakis, le aseguro que es cierto —replicó con voz grave el doctor Bartlett—. Ella tiene amnesia. No se acuerda de usted, ni de mí ni siquiera del accidente que tuvo ayer. Sin embargo, no tiene ninguna lesión física.

—¡Porque está mintiendo!

—Llevaba puesto el cinturón de seguridad cuando se golpeó la cabeza con el airbag —prosiguió el doctor Bartlett—. No hay conmoción cerebral.

Talos observaba al doctor Bartlett con el ceño fruncido. El médico tenía una gran reputación en su profesión, en la que se le consideraba un hombre muy cualificado y con una integridad sin tacha. Era rico, dado que llevaba toda la vida atendiendo a pacientes aristocráticos y de grandes fortunas, lo que significaba que no podía comprársele. Hombre de familia, llevaba casado cincuenta años con su esposa, tenía tres hijos y ocho nietos, lo que significaba que no podía ser víctima de la seducción. Por lo tanto, debía de estar plenamente convencido de que Eve Craig tenía amnesia.

Talos frunció los labios. Dada su astucia, habría esperado más de ella. Once semanas atrás, después de apuñalarlo por la espalda, Eve Craig había desaparecido de Atenas como por arte de magia. Sus hombres habían estado buscando por todo el mundo sin éxito alguno hasta hacía dos días, cuando, de repente, Eve había reaparecido en Londres para el entierro de su padrastro.

Talos había abandonado las negociaciones de un contrato millonario en Sidney para ordenarles a sus hombres que no le perdieran el rastro hasta que él llegara a Londres en su avión privado. Kefalas y Leonidas le habían ido pisándole los talones el día anterior por la tarde, cuando ella había abandonado una clínica privada en Harley Street. Habían visto cómo se cubría el sedoso y largo cabello oscuro bajo un fular de seda, cómo se ponía unas enormes gafas de sol y unos guantes blancos para conducir y se marchaba en un Aston Martin descapotable de color plateado... para terminar chocándose contra un buzón de correos que había en la acera.

—Fue tan raro, jefe –le había explicado Kefalas cuando Talos llegó aquella misma mañana procedente de Sidney–. En el entierro parecía bien, pero al marcharse de la consulta del médico comenzó a conducir como si fuera bebida. Ni siquiera nos reconoció cuando la ayudamos a entrar de nuevo en la clínica después del accidente.

El doctor Bartlett parecía igualmente desconcertado.

–La he tenido en observación, pero no he podido descubrir ningún daño físico en ella.

–Porque no tiene amnesia, doctor –le dijo Talos, apretando los dientes–. ¡Le está tomando el pelo!

El doctor se puso tenso.

–No creo que la señorita Craig esté mintiendo, señor Xenakis. La conozco desde que tenía catorce años, cuando vino aquí por primera vez de los Estados Unidos con su madre. Todas las pruebas han dado negativas. El único síntoma parece ser la amnesia. Esto me lleva a pensar que el accidente ha sido simplemente un catalizador y que el trauma ha sido simplemente emocional.

–¿Quiere decir que se lo causó ella misma?

–Yo no diría eso exactamente, pero este tema queda fuera de mi campo. Por eso, le he recomendado a un colega, el doctor Green.

–Un psiquiatra.

–Sí.

–En ese caso, si no le ocurre nada físicamente, se puede marchar del hospital.

El médico dudó.

–Físicamente se encuentra bien, pero como no tiene memoria, tal vez sería mejor que un familiar...

–No tiene familia –le interrumpió Talos–. Su

padrastro era su único pariente y murió hace tres días.

—Sí, me enteré del fallecimiento del señor Craig y sentí mucho su muerte, pero esperaba que Eve pudiera tener tíos o incluso algún primo en Boston...

—No es así —dijo Talos, aunque en realidad no tenía ni idea. Solo sabía que nada le iba a impedir llevarse a Eve con él—. Yo soy su...

¿Qué? ¿Un antiguo amante decidido a vengarse de ella?

—...novio —terminó—. Me ocuparé de ella.

—Eso fue lo que me dijeron sus hombres ayer cuando me explicaron que venía usted de camino —comentó el doctor Bartlett mirándolo como si no le gustara del todo lo que veía—, pero, por cómo habla usted, no parece que crea siquiera que ella necesita cuidados especiales.

—Si usted dice que ella tiene amnesia, no me queda más remedio que creerlo.

—La ha llamado mentirosa.

Talos sonrió.

—Las verdades a medias son parte de su encanto.

—Entonces, ¿tienen ustedes una relación estrecha? ¿Piensa casarse con ella?

Talos sabía cuál era la respuesta que el médico estaba buscando, la única que podía dejar a Eve en su poder. Por lo tanto, dijo la verdad.

—Ella lo es todo para mí. Todo.

El doctor Bartlett examinó cuidadosamente la expresión del rostro de Talos y asintió.

—Muy bien, señor Xenakis. Le daré el alta y la dejaré a su cuidado. Cuídela bien. Llévela a casa.

¿A Mithridos? Talos moriría antes de que ella pudiera contaminar su hogar de aquella manera, pero a Atenas... Sí. Podría encerrarla allí y le haría lamentar profundamente el hecho de haberlo traicionado.

—¿Podré llevármela hoy mismo, doctor?

—Sí. Haga que se sienta amada —le advirtió—. Que se sienta segura y querida.

—Segura y querida —repitió él, casi sin poder evitar que se le reflejara un gesto de burla en el rostro.

El doctor Bartlett frunció el ceño.

—Estoy seguro de que podrá comprender, señor Xenakis, lo que las últimas veinticuatro horas han significado para Eve. No tiene nada a lo que aferrarse. Carece de recuerdos de familiares o amigos para apoyarse. No tiene sentimiento alguno de pertenencia ni recuerdos de su hogar. Ni siquiera sabía su nombre hasta que yo se lo dije.

—No se preocupe. Cuidaré bien de ella.

Entonces, cuando Talos había comenzado a darse la vuelta, el doctor le hizo detenerse.

—Hay algo más que debería saber.

—¿El qué?

—En circunstancias normales, jamás revelaría esta clase de información, pero este es un caso único. Creo que la necesidad de que la paciente reciba cuidados adecuados excede su derecho a la intimidad.

–¿De qué se trata? –preguntó Talos con impaciencia.

–Eve está embarazada.

Al escuchar esa palabra, Talos se puso tenso. Sintió que el corazón se le paraba en el pecho.

–¿Embarazada? ¿De cuánto? –preguntó a duras penas.

–Cuando realicé la ecografía ayer, estimé la fecha de concepción a mediados de junio.

Junio. Talos se había pasado casi todo ese mes al lado de Eve. Había estado pendiente de su trabajo lo mínimo posible dado que solo quería estar en la cama con ella. Había pensado que podía confiar en ella. El deseo se había apoderado por completo de su mente y de su pensamiento.

–Me siento culpable –continuó el médico con voz entristecida–. Si hubiera sabido lo disgustada que se iba a poner con la noticia de su embarazo, jamás la habría dejado marcharse en coche del hospital, pero no se preocupe –añadió rápidamente–, el bebé se encuentra bien.

Su bebé.

Talos miró al doctor casi sin poder respirar. El médico, de repente, soltó una sonora y alegre carcajada y le dio una palmada en la espalda.

–Enhorabuena, señor Xenakis. Va usted a ser padre.

A su alrededor, Eve comenzó a oír un suave murmullo de voces. Sintió que alguien, tal vez la enfermera, le pasaba un trapo fresco por la frente. Olía el suave aroma de la lluvia y del algodón de las sábanas que la cubrían, pero mantuvo los ojos cerrados.

No quería despertarse. No quería abandonar la oscura paz del sueño, la calidez que le proporcionaban sueños que apenas recordaba y que aún la acunaban entre sus brazos. No quería regresar al vacío de una existencia de la que no tenía recuerdo alguno. No había identidad. Nada a lo que aferrarse. Aquel vacío era mucho peor que cualquier dolor.

Tres horas atrás, el médico le había dicho que estaba embarazada. No podía recordar el hecho de haber concebido aquel hijo. Ni siquiera recordaba el rostro del padre de su hijo, aunque lo conocería aquel mismo día. Él llegaría en cualquier instante.

Se cubrió la cabeza con la almohada y apretó los ojos con fuerza. Se sentía atenazada por los nervios y el temor de encontrarse con él por primera vez, con el padre de su hijo.

¿Qué clase de hombre sería?

Oyó que la puerta se cerraba y se abría. Contuvo el aliento. Entonces, alguien se sentó sobre la cama a su lado, haciendo que se inclinara hacia él sobre el colchón. Unos fuertes brazos la rodearon de repente. Sintió la calidez del cuerpo de un hombre y aspiró el masculino aroma de su colonia.

–Eve, estoy aquí –susurró una voz profunda y baja, con un exótico acento que no era capaz de identificar–. He venido a buscarte...

Una profunda excitación la recorrió de la cabeza a los pies. Respiró profundamente y apartó la almohada. Él estaba tan cerca de ella, que lo primero que vio fueron sus pómulos marcados. La oscura barba que había empezado a nacerle en la fuerte mandíbula. El color aceitunado de su piel. Entonces, cuando él se apartó de su lado, vio su rostro entero.

Era, sencillamente, arrebatador.

¿Cómo era posible que un hombre fuera a la vez tan masculino y tan hermoso? Su cabello negro le rozaba suavemente la piel. Tenía el rostro de un ángel. De un guerrero. La recta nariz se le había roto, al menos, en una ocasión, a juzgar por la pequeña imperfección de su perfil. Tenía una boca de labios carnosos y sensuales, con un gesto que revelaba una cierta arrogancia y, tal vez... crueldad.

Los ojos que la contemplaban eran tan oscuros como la noche. Bajo aquellas oscuras profundidades, le pareció ver durante un instante el fuego del odio, como si deseara que ella estuviera muerta.

Entonces, Eve parpadeó y, de repente, vio que él le sonreía con un tierno gesto de preocupación. Debía de haberse imaginado ese sentimiento tan desagradable. No era de extrañar, teniendo en cuenta lo desconcertada que se encontraba desde el accidente, un accidente que ni siquiera era capaz de recordar.

—Eve —susurró él mientras le acariciaba suavemente la mejilla—, pensé que no te iba a encontrar nunca.

El roce de sus dedos le prendía fuego a la piel. Se sentía ardiendo desde el rostro hasta los senos. Los pezones se le irguieron al tiempo que el vientre se le tensaba de un modo extraño. Respiró profundamente y examinó su rostro. Casi no podía creer lo que veían sus ojos.

¿Aquel... aquel hombre era su amante? No se parecía nada a lo que ella hubiera esperado.

Cuando el doctor Bartlett le dijo que su novio estaba de camino de Australia, se había imaginado un hombre de aspecto amable, cariñoso y con sentido del humor. Un hombre sencillo, con el que pudiera compartir sus problemas mientras fregaban los platos juntos al final de un largo día. Se había imaginado una pareja. Un igual.

Nunca se habría imaginado un dios griego como el que tenía ante sus ojos, de hermosura cruel, masculino y tan poderoso que, sin duda, podría partirle el corazón en dos con tan solo una mirada.

–¿Es que no te alegras de verme?–le preguntó él en voz baja.

Ella le miró el rostro y contuvo el aliento. No tenía ningún recuerdo de aquel hombre, ni de la dureza de sus rasgos ni de aquellos labios tan sensuales. No tenía recuerdo alguno de las intimidades propias de los amantes. ¡Nada!

Él la ayudó a levantarse. Eve se lamió los labios nerviosamente.

–Tú eres... Tú debes de ser... Talos Xenakis... –susurró, esperando que él lo negara. Esperando que su novio de verdad, el del aspecto tierno y amable, entrara en aquel momento por la puerta.

–Veo que me reconoces...

–No. Dos de tus empleados... y el médico... me dijeron tu nombre. Me dijeron que venías de camino.

Él la miró, escrutándole el rostro.

–El doctor Bartlett me dijo que tenías amnesia. No me lo creí, pero es cierto, ¿verdad? No te acuerdas de mí.

–Lo siento –dijo ella, frotándose la frente–. No hago más que intentarlo, pero lo primero que recuerdo es a tu empleado, Kefalas, sacándome de mi coche. ¡Menos mal que iban en su coche detrás de mí!

–Sí, fue una suerte –dijo él–. Te van a dar el alta hoy mismo.

–¿Hoy?

–Ahora mismo.

–Pero... ¡pero si sigo sin recordar nada! Esperaba que cuando te viera...

–¿Esperabas que el hecho de verme te devolviera la memoria?

Eve asintió. No había razón para sentirse desilusionada o hacer que él se sintiera peor aún de lo que ya debía sentirse. Sin embargo, no pudo evitar el nudo que se le hizo en la garganta. Efectivamente, había contado con el hecho de que, cuando viera el rostro del hombre al que amaba, el hombre que la amaba a ella, su amnesia terminaría.

A menos que no se amaran. A menos que se

hubiera quedado embarazada de un hombre que era poco más que una aventura de una noche.

—Estoy segura de que debes de sentirte tan herido... —dijo ella, tratando de apartar el repentino temor que se apoderó de ella—. Me imagino cómo te debes de sentir al amar a alguien que ni siquiera se acuerda de ti.

«¿Me amas?», pensó desesperadamente, tratando de leer su rostro. «¿Te amo yo a ti?».

—Shh, no importa —susurró él. Bajó la cabeza y la besó tiernamente en la frente. La calidez de su cercanía resultaba tan agradable como el sol de verano en un día de otoño—. No te preocupes, Eve. Con el tiempo, lo recordarás todo...

Al mirarlo de nuevo al rostro, Eve se dio cuenta de que la primera impresión que había tenido de él había sido completamente errónea. No era un hombre cruel. Era amable. ¿Cómo si no se podía explicar el hecho de que se mostrara tan paciente y tan cariñoso con ella a pesar del dolor que debía de estar experimentando?

Respiró profundamente. Sería tan valiente como él lo era. Apartó las sábanas.

—Me vestiré para que podamos marcharnos.

—Espera un momento. Hay algo de lo que debemos hablar.

Eve supo inmediatamente a qué se refería. Se sentía tan vulnerable tan solo con el camisón del hospital que volvió a cubrirse con las sábanas.

—Te lo ha dicho, ¿verdad?

—Sí.

–¿Estás contento con la noticia? –preguntó, con voz temblorosa.

Eve contuvo el aliento al ver cómo él la miraba. Cuando por fin habló, tenía la voz cargada con una emoción que ella no supo reconocer.

–Me sorprendió.

–Entonces, ¿el bebé no fue algo que planeáramos?

Él se retorció las manos y la miró.

–Nunca antes te había visto así –musitó, acariciándole el rostro con una ardiente mirada–. Sin maquillaje, sin arreglar...

–Estoy segura de que tengo un aspecto terrible...

Sin embargo, él la estrechó entre sus brazos y la miró, haciéndola temblar de nuevo.

–¿Estás contento por lo del bebé?

–Voy a cuidarte muy bien.

¿Por qué no respondía?

–No tienes por qué preocuparte. No soy una inválida. Espero que la amnesia desaparezca dentro de un par de días. El doctor Bartlett me ha hablado de un especialista...

–No necesitas otro médico –afirmó él–. Solo tienes que venir a casa conmigo.

La estrechó con fuerza contra su pecho. Eve se sintió tan segura, tan amada, que, por primera vez desde el accidente, creyó que había encontrado su lugar en el mundo. Al lado de él.

Talos le besó suavemente el cabello. Ella sintió la caricia de su aliento y se echó a temblar.

¿La amaba?

Le acarició suavemente la mandíbula. Notó la barba que había visto anteriormente. Su ropa estaba impecablemente planchada, lo que sugería que se había cambiado de ropa sin molestarse en afeitarse. Había acudido corriendo desde Australia. Se había pasado toda la noche en un avión.

¿Significaba eso amor?

—¿Por qué no viniste para asistir al funeral de mi padrastro?

—Estaba ocupado en Sidney adquiriendo una nueva empresa. Créeme. Nunca habría querido estar lejos de ti tanto tiempo.

Eve sentía que había algo que él no le había dicho. ¿O acaso era consecuencia de su propia confusión? No podía estar segura.

—Pero, ¿por qué...?

—Eres tan hermosa, Eve. Temí que jamás volvería a verte...

—¿Te refieres a lo del accidente? ¿Estabas preocupado por mí? ¿Porque nos amamos?

Él apretó la mandíbula.

—Eras virgen cuando te seduje, Eve. Nunca antes habías estado con un hombre antes de que yo te llevara a mi cama hace tres meses.

Eve se sintió aliviada. Descubrir que estaba embarazada había sido un shock. Se había preguntado por qué no estaba casada. Pero si Talos había sido su único amante, si era virgen a la edad de veinticinco años, eso decía algo sobre su personalidad.

A pesar de todo, seguía sin estar segura de si había amor entre ellos. Sentía que había algo que él no le decía. Algo oculto bajo sus palabras. Sin embargo, antes de que pudiera comprender lo que su intuición le estaba diciendo, Talos le agarró las manos y tiró de ella.

–Prepárate para marcharte –dijo él. Volvió a besarla en la sien y le acarició los brazos desnudos–. Quiero llevarte a casa.

Al sentir aquella caricia, la respiración se le aceleró. Una oleada de sensaciones le recorrió todo el cuerpo, despertando de nuevo su sensualidad. Trató de recordar qué era lo que le preocupaba, pero le resultó imposible.

–Está bien –susurró ella.

Con un gesto muy galante, él la ayudó a levantarse de la cama. Entonces, Eve pudo comprobar que era mucho más alto que ella, mucho más poderoso. Además de alto, era musculoso. Al mirarlo, a Eve se le olvidó todo a excepción de su propio anhelo, el deseo y la fascinación que sentía por el misterioso ángel que estaba a su lado.

–Siento haber tardado tanto en llegar a tu lado, Eve, pero ya estoy aquí –dijo. Le besó la cabeza suavemente, estrechándola de nuevo con fuerza entre sus brazos–. Te aseguro que nunca te voy a dejar escapar.

Capítulo 2

TALOS observó con ojos entornados a Eve mientras la acompañaba al Rolls-Royce negro que los estaba esperando frente a la puerta del hospital. No estaba fingiendo la amnesia. A pesar de su incredulidad inicial, Talos ya no tenía dudas. Eve no tenía ni idea de quién era él o de lo que ella había hecho.

Y estaba embarazada de él.

Eso lo cambiaba todo.

La ayudó a entrar en el coche con delicadeza. Ella no tenía equipaje. Uno de sus hombres había llevado el destrozado Aston Martin al taller mientras el otro se había ocupado del asunto del buzón. Eve llevaba puesto el vestido de seda negra y el bolso negro que había llevado al entierro de su padrastro el día anterior.

El vestido negro se le ceñía a los pechos y a las caderas cuando caminaba. La seda relucía con cada uno de sus movimientos al igual que el oscuro y lustroso cabello, que en aquella ocasión llevaba recogido en una coleta.

No llevaba maquillaje. Eso le daba un aspecto diferente. Talos jamás la había visto sin lápiz de labios, aunque con su delicada piel, gruesos labios y brillantes ojos azules, no lo necesitaba para conseguir que todos los hombres, cualquiera que fuera su edad, se volvieran para mirarla en la calle. Cuando ella se giró y lo miró, sonriendo dulcemente, Talos tuvo que reconocer que distaba mucho de ser inmune a sus encantos.

–¿Adónde vamos? –le preguntó ella–. No me lo has dicho.

–A casa –replicó él mientras la hacía entrar en el coche y cerraba la puerta.

A él, el modo en el que reaccionaba su cuerpo le resultaba irritante... y turbador a la vez. No le gustaba. La odiaba. Cuando la vio por primera vez en el hospital, Eve tenía un aspecto pálido y enfermo que distaba mucho de la vivaz y voluptuosa mujer que él recordaba. Dormida tenía un aspecto inocente, mucho más joven de los veinticinco años que tenía. Parecía muy menuda. Frágil.

Talos había ido a Londres para destrozar su vida. Llevaba tres meses soñándolo. Sin embargo, ¿cómo podía vengarse de ella si Eve no solo no recordaba lo que le había hecho sino que, además, estaba embarazada de él?

Apretó los puños y se dirigió hacia el otro lado del coche. Aunque solo estaban en septiembre, el verano parecía haber abandonado repentinamente la ciudad. En el cielo, había unas nubes bajas y grises y caía una pertinaz lluvia. Se montó a su lado y Eve, inmediatamente, se volvió para seguir preguntándole:

–¿Dónde está nuestra casa?

–Mi casa está en... Atenas –dijo mientras cerraba la puerta.

–¿En Atenas? –preguntó ella, boquiabierta.

–Allí es donde yo vivo y tengo que cuidarte. Me lo ha ordenado el médico –añadió, con una tensa sonrisa.

–¿Y yo vivo allí contigo?

–No.

–¿No vivimos juntos?

–A ti te gusta viajar –respondió él con ironía.

–Entonces, ¿dónde está mi ropa? ¿Y mi pasaporte?

–Seguramente en la finca de tu padrastro. Mis empleados recogerán tus cosas y se reunirán con nosotros en el aeropuerto.

–Pero... Yo quiero ver mi casa. El hogar de mi infancia. ¿Dónde está?

–La finca de tu padrastro está en Buckinghamshire, según creo. Sin embargo, no creo que ir allí de visita te vaya a ayudar. Pasaste allí una noche antes del entierro. Pero hace mucho tiempo que ese lugar no es tu hogar.

–Por favor, Talos. Quiero ver mi casa...

Él frunció el ceño y contempló el suplicante rostro de Eve. Parecía haber cambiado mucho. Su amante de antaño jamás le habría suplicado nada. De hecho, ni siquiera la recordaba pronunciando la palabra «por favor». Excepto...

Excepto la primera noche que se la llevó a su cama, cuando, tras derribar todas sus defensas,

Talos descubrió que la mujer más deseada del mundo era, en contra de todo lo esperado, virgen. Mientras la penetraba, ella lo miró con una callada súplica en los ojos y él pensó... casi pensó...

Apartó aquel recuerdo violentamente.

No pensaría cómo había sido el pasado con ella. No pensaría en cómo ella había estado a punto de hacerle perder todo, incluso la cabeza.

–Muy bien. Te llevaré a tu casa, pero solo para recoger tus cosas. No podemos quedarnos.

El encantador rostro de Eve se iluminó. Parecía tener muchos menos años sin maquillaje, muchos menos que los treinta y ocho años que él tenía.

–Gracias.

Otra palabra que jamás le había escuchado antes.

Se reclinó en los suaves asientos de cuero beige del coche mientras el chófer atravesaba la ciudad para dirigirse al norte del país. Observó la lluvia durante un rato y luego cerró los ojos. Se sentía tenso y cansado por el ajetreo de los últimos dos días.

Eve embarazada.

Aún no se lo podía creer. No era de extrañar que ella se hubiera estrellado con el coche. Solo pensar que iba a perder su figura y que no iba a poder ponerse todos los modelos de diseño que poseía debía de haberla desquiciado. Meses enteros sin poder beber champán, sin trasnochar con todos sus ricos, guapos y superficiales amigos. Eve seguramente debió de sentirse furiosa.

Talos no le confiaría el cuidado de una planta, y mucho menos el de un niño. Ni siquiera parecía tener instinto maternal. No podría querer a un niño. Era la persona menos cariñosa que Talos había conocido nunca.

Lentamente, abrió los ojos. Hacía poco más o menos una hora que sabía lo del niño, pero estaba completamente seguro de una cosa. Tenía que protegerlo.

—Entonces, no vivo en Inglaterra —dijo ella, de repente. Al mirarla, Talos vio que ella tenía un aspecto triste y abatido—. ¿No tengo casa?

—Vives en hoteles —respondió, fríamente—. Ya te lo he dicho. Viajas constantemente.

—Entonces, ¿cómo consigo tener trabajo?

—No tienes trabajo. Te pasas los días comprando y asistiendo a fiestas por todo el mundo. Eres una heredera. Una mujer bella y famosa.

—Estás bromeando...

—No —dijo él, sin entrar en detalles. No podía explicarle cómo sus disolutos amigos y ella se pasaban el tiempo viajando, bebiéndose todas las bebidas de cada hotel de lujo en el que se alojaban antes de pasar al siguiente. Si lo hubiera hecho, Eve podría haber notado el desprecio en su voz y cuestionar así la naturaleza de sus verdaderos sentimientos.

¿Cómo era posible que lo hubiera atrapado en sus redes una mujer como ella? ¿Qué locura se había apoderado de él para terminar convirtiéndose en su esclavo? ¿Cómo podía asegurarse de que su hijo jamás se viera descuidado, herido o abandonado por ella después de que recuperara su memoria?

De repente, se le ocurrió un nuevo pensamiento.

Si ella no podía recordarlo a él, si no podía recordar quién era ella ni lo que había hecho, eso significaba que no tenía ni idea de lo que estaba a punto de venírsele encima. No tendría defensa alguna.

Una lenta sonrisa le frunció los labios. Preparó un nuevo plan. Se lo quitaría todo, incluso el hijo que llevaba en las entrañas. Y ella ni siquiera lo vería venir.

—Entonces, vine aquí para el entierro de mi padrastro —dijo ella suavemente—, pero no soy británica.

—Tu madre lo era, según creo. Las dos regresasteis a Inglaterra hace algunos años.

—¡Mi madre! —exclamó ella más contenta.

—Murió —le informó él secamente. Entonces, recordó que se suponía que él estaba enamorado de ella. Tenía que hacérselo creer si quería que su plan tuviera éxito—. Lo siento mucho, Eve, pero, por lo que yo sé, no tienes familia.

—Oh...

La tomó entre sus brazos y la estrechó con fuerza contra su pecho. Le dio un beso en la parte superior de la cabeza. A pesar de su estancia en el hospital, el cabello le olía a vainilla y azúcar, los aromas que siempre asociaría con ella. El olor hizo que el cuerpo se le tensara inmediatamente de deseo.

No entendía por qué no podía dejar de desearla después de todo lo que ella le había hecho. Había estado a punto de arruinarlo, ¿cómo era posible que su cuerpo aún siguiera anhelando su contacto? ¿Acaso era un hombre sin honor ni orgullo?

Claro que los tenía, pero el modo como ella tenía de actuar, incluso comportándose de un modo tan inocente, lo atraía como si fuera una llama. Recordó la fiera pasión que ardía dentro de ella y que él era el único hombre que la había saboreado...

«¡No!». No pensaría en ella en la cama. No la desearía. Demostraría que tenía control sobre su cuerpo.

Eve agarró con fuerza la manga de Talos y apretó el rostro contra la impoluta camisa.

—No tengo a nadie —susurró—. Ni padres. Ni hermanos. A nadie.

Talos la miró y le hizo levantar la barbilla para poder ver cómo las lágrimas llenaban aquellos maravillosos ojos azul violeta.

—Me tienes a mí.

Eve tragó saliva y examinó el rostro de Talos como si estuviera tratando de encontrar sentimientos detrás de la expresión de su rostro. Él trató de reflejar preocupación y admiración, amor por ella, sin sentir realmente nada de ello.

Eve suspiró. Entonces, una suave sonrisa se le dibujó en los labios.

–Y a nuestro hijo –dijo.

Talos asintió. Efectivamente, su hijo era la razón por la que tenía que asegurarse que el control que ejercía sobre Eve fuera absoluto. La razón por la que tenía que conseguir que creyera que sentía algo hacia ella.

No era diferente de lo que, en una ocasión, ella le había hecho a él. Conseguiría que creyera que podía confiar en él. Haría que aceptara casarse con él. Y entonces...

En el momento en el que estuvieran casados, la finalidad de su vida sería conseguir que ella recordara la verdad. Estaría a su lado cuando Eve por fin rememorara todo. Contemplaría cómo la sorpresa se apoderaba de su rostro. Entonces, la aplastaría. La venganza consiguió alegrar su corazón.

«No se trata de venganza, sino de justicia», se dijo.

Se inclinó hacia delante y la estrechó con fuerza en el asiento trasero del Rolls–Royce.

–Eve –dijo, enmarcándole el rostro entre las manos–. Quiero que te cases conmigo.

¿Casarse con él?

«Sí», pensó Eve mientras observaba extasiada el hermoso rostro de Talos. Al sentir cómo las fuertes manos de él acariciaban la suavidad de su piel, experimentó una calidez que le llegó hasta los senos y más allá.

¿Cómo podía ser un hombre tan masculino, tan guapo y tan poderoso al mismo tiempo? Talos representaba todo lo que su vacía y asustada alma podía desear. Él la protegería. La amaría. Haría que su vida fuera completa.

«Sí, sí, sí».

Sin embargo, cuando estaba a punto de pronunciar las palabras, algo se lo impidió. Algo que no podía comprender le hizo apartar el rostro de las caricias de Talos.

—¿Casarme contigo? —preguntó mirándolo a los ojos. Sintió que los latidos del corazón se le aceleraban—. Si ni siquiera te conozco.

Talos parpadeó. Eve comprobó que él estaba sorprendido. Entonces, frunció el ceño.

—Me conociste lo suficientemente bien como para concebir a mi hijo.

Eve tragó saliva.

—Pero no me acuerdo de ti. No sería justo casarme contigo. No estaría bien.

—Yo me crie sin padre. No tengo intención de que mi hijo tenga que soportar eso. Daré un apellido a nuestro hijo. No puedes negármelo.

¿Negárselo? ¿Cómo podía una mujer negarle algo a Talos Xenakis?

«Sin embargo, no me parece bien».

Respiró profundamente y apartó la mirada. Miró por la ventanilla y comprobó que habían dejado atrás las afueras de Londres para adentrarse en la dulce y verde campiña.

—Eve...

Miró a Talos. Era tan guapo y tan poderoso... Su gesto indicaba que estaba claramente decidido a salirse con la suya, pero algo en su interior la obligaba a resistirse.

–Gracias por pedirme que me case contigo –dijo ella–. Es muy amable por tu parte, pero aún faltan meses para que nazca mi niño...

–Nuestro niño.

–Y yo no puedo convertirme en tu esposa cuando ni siquiera me acuerdo de ti.

–Ya veremos.

El silencio se apoderó de ellos durante lo que restaba de viaje. Por fin, el coche se apartó de la carretera y tomó un sendero. Eve vio por fin una mansión situada en la base de las colinas, cuya silueta se reflejaba en un amplio lago.

–¿Es esa la casa de mi padrastro?

–Sí.

El coche fue avanzando por los jardines de la casa hasta que, por fin, se detuvo en la entrada. Eve contuvo el aliento y estiró el cuello para poder verla bien. No se creía lo que veía.

–¿Y yo he vivido aquí?

–Sí. Y ahora es tuya, junto con una gran fortuna.

–¿Y cómo lo sabes tú?

–Tú te enteraste ayer, cuando asististe a la lectura del testamento.

–¿Pero cómo lo sabes tú? –insistió ella.

–Me aseguraré de que recibes una copia del testamento. Vamos –dijo, invitándola a entrar en la casa. En el interior, cinco sirvientes esperaban en el vestíbulo, acompañados por la que debía de ser el ama de llaves.

—Oh, señorita Craig... —susurró la mujer sollozando sobre el delantal—. Su padrastro la quería mucho. ¡Se alegraría tanto de ver que por fin regresa usted a casa!

¿Casa? Pero si no era su casa. Aparentemente, llevaba años sin poner el pie en aquella casa.

—Era un buen hombre, ¿verdad? —preguntó. Decidió cambiar de tema al ver el rostro entristecido del ama de llaves.

—Sí que lo era, señorita. El mejor. Y la quería a usted como si fuera hija suya de verdad, aunque en realidad no lo fuera. Y, además, estadounidense. Se alegraría tanto de ver que por fin ha regresado después de tanto tiempo...

—¿Tanto ha sido?

—Seis o siete años. El señor Craig siempre la invitaba a que viniera por Navidad, pero usted...

El ama de llaves interrumpió de nuevo sus palabras y volvió a secarse una vez más las lágrimas con el delantal.

—Pero nunca lo hice, ¿verdad?

La anciana negó tristemente con la cabeza.

Eve tragó saliva. Aparentemente, había aceptado el dinero de su padrastro y había dejado que él pagara sus facturas mientras ella se divertía por todo el mundo, pero ni siquiera había tenido la amabilidad suficiente como para volver a visitarlo.

Y había muerto.

—Lo siento —susurró.

—Deje que la acompañe a su habitación. La encontrará exactamente igual que la dejó la última vez que estuvo aquí.

Poco después, en la oscuridad de su dormitorio, seguida siempre por Talos, Eve apartó las cortinas y, al volverse a ver su dormitorio, ahogó un grito de desolación. Todo era rojo y negro. Moderno. Sexy. De mal gusto.

Siempre observada por Talos, examinó el dormitorio, tratando desesperadamente de encontrar algo que le dijera lo que necesitaba saber. Abrió las puertas del armario y deslizó las manos por las prendas que colgaban de las perchas. La ropa era como la habitación. Ropa apropiada para una mujer que deseaba la atención de los demás y sabía cómo mantenerla.

Se echó a temblar.

Abrió más puertas y tocó cada artículo ligeramente con las manos. Zapatos de tacón de aguja. Un bolso de Gucci. Una maleta de Louis Vuitton. Encontró su pasaporte y lo hojeó, buscando respuestas que no encontró. Zanzíbar, Bombay, Ciudad del Cabo...

—Veo que no bromeabas —dijo. Viajo constantemente. En especial durante los últimos tres meses.

—Sí, lo sé...

Eve echó el pasaporte en la maleta junto a algunas de aquellas seductoras prendas y zapatos que le resultaban completamente ajenos, como si pertenecieran a otra persona. Se apoyó contra la cama y miró a su alrededor.

—Aquí no hay nada.

—Te lo dije.

Con desolación, recorrió la librería con la mirada. Tenía revistas de moda, de hacía muchos años, y unos cuantos volúmenes sobre etiqueta y encanto personal. Encima de estos, había otro libro cuyo título la hundió por completo *Cómo atrapar a un hombre*.

—Nunca has tenido problema con eso —comentó él.

Eve sintió que el corazón estaba a punto de rompérsele al ver que Talos era capaz de hacer bromas. Agarró el libro y se lo lanzó a él. Talos lo atrapó sin dudar.

—Mira, Eve. No importa...

—Claro que importa. ¡Todas estas cosas me dicen quién soy! —exclamó, señalando el armario—. Acabo de descubrir que era la clase de chica a la que solo le preocupaban las apariencias, que no le hacía ni caso a un padrastro que la adoraba y que jamás se preocupaba por regresar a casa en Navidad —añadió, con los ojos llenos de lágrimas—. Además, dejé que muriera solo. ¿Cómo puedo haber sido tan cruel?

Llena de desolación, tomó una polvorienta fotografía. En ella, se veía a un hombre guiñando el ojo con descaro, una hermosa mujer de cabello oscuro que reía de alegría y, entre ambos, una niña regordeta que sonreía a la cámara.

Eve miró a los adultos que aparecían en la fotografía durante un largo tiempo, pero no pudo recordar nada. Tenían que ser sus padres, pero no se
acordaba de ellos. ¿Sería cierto que no tenía alma?

—¿Qué has encontrado?

—Nada. No me ayuda —respondió ella, arrojan-
do la fotografía sobre la cama. Entonces, se cubrió el rostro con las manos—. No me acuerdo de
ellos. ¡No puedo!

Talos cruzó la habitación y la agarró por los
hombros.

—Yo apenas conocí a mis padres, pero eso no
me ha hecho daño.

—No es solo el pasado —susurró ella—. ¿Por qué
ibas tú a querer estar con una persona como yo,
sin personalidad alguna y sin corazón?

Talos no respondió.

—Ahora, es demasiado tarde —añadió—. He perdido a mi único familiar. No tengo hogar.

—Tu hogar es el mío.

Eve lo miró, sin saber si podía creerlo.

—Deja que te lo demuestre —añadió, acarician-
dole lentamente los brazos.

Ella se enfrentó al impulso de acercarse a él,
de apretarse contra su pecho. Sacudió la cabeza y
respiró profundamente.

—No puedo.

—¿Por qué?

—¡No quiero que te cases conmigo por pena!

Talos la envolvió lentamente con los brazos,
deslizando las manos sobre la seda del vestido y

dejando que esta le acariciara deliciosamente el cuerpo.

–Te aseguro que lo último que siento por ti es pena.

Eve cerró los ojos y, muy a su pesar, se inclinó hacia delante. Ansiaba sentir más caricias. Quería notar su calor, su tacto... Talos la abrazó más estrechamente. Ella aspiró el aroma que emanaba del cuerpo de él y la calidez que se desprendía de sus ropas.

–Vente conmigo –susurró–. Vente conmigo a Atenas y conviértete en mi esposa.

Eve sintió la dureza del cuerpo de Talos contra el suyo. Era mucho más alto que ella, más poderoso. Le acarició suavemente las caderas, recorriéndole la espalda mientras los senos de Eve se aplastaban contra su pecho.

Ella tragó saliva y se echó a temblar.

–No puedo marcharme así. Necesito recuperar la memoria, Talos. No puedo dejarme llevar sin saber quién soy. No me puedo casar con un desconocido, aunque tú seas el padre de mi hijo...

–En ese caso, te llevaré al lugar en el que nos conocimos. Al lugar en el que empezó todo –susurró él sin dejar de mirarle los labios–. Te mostraré el lugar en el que te besé por primera vez.

–¿Y cuál es?

–Venecia...

–Venecia –repitió ella. Sabía que debía negarse. Sabía que debía quedarse en Londres y consultar al especialista que el doctor Bartlett le había recomendado, pero no pudo pronunciar ni una palabra. Permaneció atrapada en sus sueños románticos. Atrapada en él.

Talos levantó una mano para acariciarle suavemente el labio inferior con el pulgar.

–Ven a Venecia –dijo–. Te lo enseñaré todo –añadió mientras le enmarcaba el rostro con las manos–. Y luego, te casarás conmigo.

Capítulo 3

EL sol se reflejaba en las aguas del canal. Tomaron un *motoscafo*, un taxi acuático privado, desde el aeropuerto Marco Polo. Aquel día de septiembre era cálido y soleado. Cruzaron la laguna y pasaron por delante de la *piazza* San Marcos y el puente de los Suspiros mientras iban de camino a su hotel.

Venecia. Talos jamás habría esperado regresar allí. Sin embargo, decidió que debía adaptarse al juego. Haría lo que fuera, sería todo lo romántico que tuviera que ser para conseguir que Eve se casara con él antes de que recuperara la memoria.

La observó mientras cruzaban las aguas del canal. Los ojos le brillaban con sorpresa. Observaba la ciudad con un profundo asombro, del mismo modo en el que todos los hombres que la veían la miraban a ella.

El conductor del taxi no podía evitar mirarla constantemente por el retrovisor. Kefalas, el guardaespaldas de Talos, estaba sentado detrás de ellos y, de vez en cuando, miraba a Eve algo más de lo que era estrictamente necesario.

Eve se había cambiado de ropa y se había duchado durante el vuelo que los condujo allí en su avión privado. El cabello oscuro le caía por encima de los hombros desnudos, rozando unos pezones que Talos se podía imaginar fácilmente bajo el vestido de punto de color rojo. El escote del vestido mostraba claramente la parte superior de los pechos. Además, la prenda apenas le cubría los muslos. Se había pintado los labios de un rojo oscuro que iba a juego con el del vestido. Tenía las piernas esbeltas y perfectas, que terminaban el afilado tacón de aguja de las sandalias que llevaba puestas.

Talos no podía culpar a nadie por mirarla, aunque le habría gustado matarlos por hacerlo. Resultaba extraño que antes no hubiera sentido celos de que otros hombres miraran a Eve. Había dado por sentado que el resto de los hombres siempre quería lo que él, Talos, poseía. ¿Por qué había cambiado eso? ¿Porque Eve llevaba a su hijo en las entrañas? ¿Porque tenía intención de hacerla su esposa?

Por supuesto, Eve sería su esposa tan solo en apariencia. Para proteger a su hijo, no porque sintiera algo por ella. Solo sentía odio hacia ella y, tenía que admitir, que deseo.

Miró al conductor con tanta dureza, que el joven se sonrojó y apartó la mirada. Entonces, estrechó a Eve contra su cuerpo. Ella sonrió.

—Esto es muy bonito. Gracias por traerme aquí, aunque estoy segura de que te ha resultado muy inconveniente...

–Nada me resulta inconveniente si te da placer a ti –dijo él. Entonces, le tomó la mano y se la llevó a los labios.

–Eres muy bueno conmigo –susurró Eve. Estaba visiblemente afectada por el modo como él la había besado.

El hecho de que ella se mostrara como una jovencita inocente turbó a Talos aún más. La *femme fatale* que él había conocido parecía haber desaparecido con sus recuerdos. Ataviada de aquella manera parecía aún la misma arrogante, cruel y fascinante criatura que había sido hacía unos meses, pero había cambiado completamente. Una vez más, se mostraba de nuevo como una virgen.

Ya no lo era. Talos recordó el modo en el que habían concebido a aquel bebé y sintió que todo el cuerpo le ardía de deseo. Le miró el hermoso rostro y vio que las pupilas de ella se dilataban. Él recordó sin poder evitarlo todas aquellas semanas en Atenas cuando habían estado desnudos el uno junto al otro, cuando había creído que, bajo aquella hermosa y superficial apariencia, existía algo que merecería la pena poseer.

Había seguido siendo de la misma opinión hasta el día en el que la vio desayunando con su rival, dándole fríamente pruebas que le ayudarían a destruir su empresa.

«Recuerda ese momento. Recuerda cómo te traicionó y por qué».

Le agarró con fuerza los hombros y recordó

los días y las noches que pasaron juntos en junio. Acostarse con ella se había convertido en una adicción para él. Se había entregado a ella como jamás lo había hecho hasta entonces y como, sin duda, jamás volvería a hacerlo.

Se había considerado un hombre cruel. Fuerte. Sin embargo, Eve lo había superado de tal modo que no se había dado cuenta de lo que ella le estaba preparando. Por eso, la odiaba con todo su corazón.

A pesar de todo, seguía deseándola. La deseaba con una pasión que lo consumía de tal modo que podría terminar destruyéndolo. Decidió que no cedería a la tentación. Aunque las semanas que había pasado con ella habían supuesto la experiencia más erótica de su vida, jamás volvería a poseerla. Si la besaba, podría estar encendiendo una llama que no podría controlar.

Observó a Eve. Ella parecía estar completamente asombrada por la relación que había entre ambos.

No lo comprendía. Al contrario de la Eve que había conocido, la que ocultaba tan bien sus sentimientos, la que tenía frente a él no escondía lo que sentía. Sus sentimientos se reflejaban claramente en su rostro angelical.

«Bien», se dijo. Era el arma perfecta para poder utilizarla contra ella. La convencería para que se casara con él. La cortejaría. La tomaría como esposa aquel mismo día. Haría todo lo que fuera necesario para que así fuera.

Excepto una cosa.
No volvería a llevársela a la cama. Nunca.

Eve levantó el rostro hacia el brillante sol que entraba por las ventanas del barco y se reclinó contra el poderoso cuerpo de Talos. Entonces, él le sonrió. Aquel gesto le producía toda clase de extrañas sensaciones y le aceleraba los latidos del corazón. Sus días de oscuridad y soledad en el lluvioso Londres parecían no ser más que un distante sueño. Estaba en Italia con Talos. Embarazada de él. Se colocó la mano sobre el vientre.

El barco se detuvo en el muelle de un *palazzo* del siglo xv y ella levantó el rostro para observar la increíble belleza gótica de la fachada.

–¿Es aquí adónde íbamos?

–Sí. Es nuestro hotel.

Eve tragó saliva mientras descendía del taxi. No dejaba de imaginarse lo que sería compartir la cama con aquel hombre. Solo por pensarlo, se tropezó en el muelle.

–Ten cuidado –dijo Talos mientras la agarraba del brazo.

Permanecieron en el muelle hasta que Kefalas pagó al taxista y comenzó a ocuparse del equipaje. Durante ese tiempo, Eve no pudo dejar de admirar a Talos. Era tan alto, tan fuerte, tan guapo... Cuando él la estrechó de nuevo entre sus brazos, se preguntó si iba a volver a besarla. El pensamiento la asustó de tal manera, que se apartó de él con un gesto nervioso.

—Tendremos habitaciones separadas, ¿verdad? —susurró ella. Talos soltó una sonora carcajada y sacudió la cabeza—. Pero...

—No tengo intención alguna de perderte de vista —le dijo mientras le apartaba un mechón de cabello del rostro y le daba un beso en la sien—. Ni de dejar de abrazarte...

Entonces, le agarró la mano y la llevó al interior del palaciego hotel. En su interior, Eve comenzó a darse cuenta de que las cabezas de todos los hombres se volvían para mirarla. ¿Por qué lo hacían? A su paso, no dejaban de murmurar entre ellos e incluso uno, que formaba parte de un grupo de jóvenes italianos, hizo ademán de acercarse a ella. Uno de sus amigos se lo impidió y le indicó discretamente la presencia de Talos.

Eve se sintió muy vulnerable y se sonrojó. Respiró aliviada cuando por fin Talos la condujo al ascensor. De repente, comprendió por qué la estaban mirando.

Era su vestido. El minúsculo vestido rojo que había sacado del armario de su casa de Buckinghamshire. Le había parecido lo más sencillo comparado con el resto de su guardarropa. Había esperado que terminaría por acostumbrarse a la que era su ropa, pero se había equivocado. Efectivamente, el ceñido y escotado vestido y los zapatos de tacón de aguja eran como un imán para las miradas de los hombres. Decidió que no solo resultaba llamativa, sino que más bien parecía una prostituta a la que se le pagaba por sus servicios.

Cuando por fin llegaron a la suite del ático y la puerta se cerró, Eve lanzó un enorme suspiro de alivio. Gracias a Dios, por fin estaba a solas con Talos.

Entonces, se dio cuenta...

Estaba a solas con Talos.

Miró a su alrededor con cierto nerviosismo. La suite era muy lujosa. El techo abovedado estaba cubierto de frescos. Una araña de cristal colgaba del techo. La chimenea de mármol… las hermosas vistas del canal desde la terraza... Todo era maravilloso, pero solo había una cama.

–¿Salimos a cenar? –ronroneó Talos a sus espaldas.

Eve se sonrojó y se dio la vuelta para mirarlo, esperando que él no fuera capaz de leer el pensamiento.

–¿Cenar? ¿Fuera? En realidad no me apetece salir esta noche –dijo, pensando en las miradas lascivas de los hombres que tendría que soportar.

–Perfecto –dijo él con sensualidad–. Nos quedamos.

Dio un paso hacia ella. Eve reaccionó dándose la vuelta y dirigiéndose a la ventana para contemplar la laguna. Se veían hoteles, barcos, góndolas y hermosos edificios por todas partes. Entonces, sintió que él le tocaba suavemente el hombro.

–¿Es este el mismo hotel en el que nos alojamos antes? –le preguntó–. ¿Cuando nos conocimos?

–Yo me alojé aquí solo. Te negaste a subir a mi suite.

–¿Sí? –preguntó ella dándose la vuelta.

–Traté de hacerte cambiar de opinión... Pero tú te resististe –susurró, acariciándole suavemente la mejilla.

–¿Sí? ¿Cómo?

Talos sonrió. Deslizó los dedos desde la mejilla suavemente hacia los labios. La tocó allí tan suavemente, que Eve tuvo que acercarse un poco más a él para incrementar la sensación. Entonces, él le acarició una vez más el labio inferior y se inclinó para susurrarle al oído:

–Me hiciste perseguirte, mucho más de lo que he perseguido nunca a ninguna mujer. Ninguna mujer ha sido, ni será nunca, comparable a ti.

Cuando se apartó de ella, Eve sintió que los latidos del corazón y la respiración se le habían acelerado. Talos la miró como si supiera la confusión que había creado en ella.

–Bueno, ¿quieres que salgamos? ¿O prefieres que nos quedemos? –preguntó él, mirando la cama.

–He cambiado de opinión –dijo ella–. ¡Salgamos! –exclamó, tratando de ocultar su nerviosismo.

–Entonces, veo que, después de todo, tienes hambre.

Eve vio cómo sacaba la gabardina de ella del armario y se la daba. Entonces, volvió a agarrarla por la cintura para conducirla a la salida. La piel de ella volvió a vibrar.

Eve estuvo a punto de suspirar de alivio al ver que se marchaban de la fastuosa suite, con su enorme cama. Lo que Eve no sabía era que iba a ser el típico caso de escapar de un peligro exponiéndose a otro mayor.

Capítulo 4

EL sol estaba empezando a ponerse, tiñendo el cielo de tonalidades rosadas y naranjas. Rápidamente, el aire se tornó frío, anunciando así el otoño que no tardaría en llegar. Una ligera bruma surgió de la laguna. Entonces, Talos agarró la mano de Eve. Al sentir el tacto de su piel, ella se echó a temblar de un modo que no tenía nada que ver con la fresca noche.

Él se detuvo sobre un puente que había entre la *piazzeta* y el canal.

–¿Tienes frío?

Ella asintió. ¿Cómo podía decirle la verdad? ¿Cómo podía decirle que había sido el tacto de su piel lo que le había provocado aquel escalofrío?

–Toma entonces –le dijo.

A sus espaldas, Eve vio las hermosas cúpulas bizantinas de la basílica de San Marcos. La puesta de sol le acariciaba el hermoso rostro y se lo teñía de un ligero color rojizo.

La envolvió con la gabardina que había llevado hasta entonces colgado del brazo. Talos era tan guapo... Mientras se abrochaba el cinturón, no pudo evitar mirarlo, casi con la boca abierta.

Entonces, un grupo de hombres pasó a su lado. Eve oyó un ligero silbido. Se miró y se sonrojó. La gabardina le tapaba justamente el vestido, por lo que daba la impresión de que no llevaba nada debajo.

–Tal vez deberíamos tomar un taxi.

–El restaurante está muy cerca. Al otro lado de la plaza. Vamos –le dijo.

Resultaba increíblemente romántico ver cómo el sol se ponía sobre el Gran Canal, aunque seguían incomodándole las miradas de los hombres que la perseguían desde todas partes. Talos era consciente de ello. La sujetaba con fuerza, mirando con desafío a los demás hombres. Era como un león dispuesto a luchar, a matar, para proteger a su hembra.

Eve se sintió una vez más muy vulnerable, como una gacela a la que un león estaba a punto de devorar. ¿Qué importaba de qué león se tratara? Miró a Talos. Había algo en él que la asustaba de un modo que no podía comprender. Se decía una y otra vez que era porque no lo recordaba. Si lo hiciera, no le tendría miedo... ¿O sí?

A sus espaldas, vio que una figura los seguía a una discreta distancia.

–Nos está siguiendo alguien –dijo, algo nerviosa.

–Es Kefalas –replicó Talos tras comprobar de quién se trataba–. Solo se acercará a nosotros si es necesario...

–Pero...

–Lo necesitamos. Aunque solo sea para protegerte de todos tus admiradores italianos.

–Te aseguro que no me gusta su atención. No quiero que me miren.

Sabía que Talos no la creía por completo. En ese momento, decidió que tendría que cambiar su guardarropa.

Entraron por fin en un pequeño hotel, cuyo restaurante daba al Gran Canal. Estaba a rebosar, pero les acompañaron inmediatamente a la mejor mesa. Allí, compartieron una deliciosa cena de *risotto* de marisco y *tagliolini* con *scampi*. La cena en sí resultó una experiencia muy sensual. Mientras terminaba el *risotto*, sintió que él la estaba observando. Sin poder evitarlo, se echó de nuevo a temblar. Entonces, incapaz de soportar la intensidad de su mirada, apartó los ojos. A través de la laguna, vio una hermosa iglesia cuyas blancas cúpulas estaban bellamente iluminadas.

–Es Santa María della Salute –dijo él–. La última vez te gustó mucho.

–¿La última vez?

–¿No te acuerdas de este restaurante?

–No.

–Estuvimos aquí en nuestra primera cita.

El camarero les llevó el postre, un delicioso tiramisú, pero Eve no pudo probarlo. Respiró profundamente y lo miró a los ojos.

Entonces, él le cubrió la mano con la suya por encima de la mesa.

–Me alegro mucho de haberte encontrado –

murmuró, haciéndola temblar–. Me alegro de que estés aquí ahora.

Talos se mostraba tan amable con ella... Eve no lo entendía. Se cubrió el rostro con una mano.

–Debes de odiarme –dijo en voz baja.

Talos se puso tenso de repente.

–¿Por qué dices eso?

Los ojos de Eve se llenaron de lágrimas.

–¡Porque no me acuerdo de ti! Eres mi amante, el padre de mi hijo y te estás portando muy bien conmigo. Estás esforzándote mucho por ayudarme a recordar, pero no sirve de nada porque mi cerebro se niega a funcionar.

Las lágrimas comenzaron a caérsele por las mejillas. Consciente de que estaba llamando la atención de todos los presentes, en aquella ocasión también de las mujeres, se levantó de la silla y salió corriendo al exterior.

Talos la alcanzó unos minutos después. Llevaba la gabardina de Eve en las manos.

–Tranquila –susurró. Entonces, volvió a besarla en la sien–. No pasa nada...

–Claro que pasa –replicó ella–. ¿Cómo puedo estar contigo y no acordarme de nada?

–Tienes que calmarte. Esto no puede ser bueno para el bebé... Creo que te estoy presionando demasiado.

–Eso no es cierto. Te has mostrado cariñoso y maravilloso conmigo –dijo ella mientras se secaba las lágrimas–. Es todo culpa mía. Solo mía. El doctor Bartlett dijo que no había daño físico alguno que me impida recordar. Entonces, ¿a qué se debe esto? ¿Qué es lo que me ocurre?

–No lo sé.

–Tal vez debería regresar a Londres. Ver a ese especialista...

–No. No necesitas médicos. Solo necesitas tiempo. Tiempo y cuidados. Y a mí. Yo recuerdo lo suficiente por los dos. Cásate conmigo, Eve. Hazme feliz.

Al escuchar esas palabras, Eve sintió como si todo su cuerpo ardiera consumido por un abrasador fuego. Era muy tarde y la noche era mágica. Los turistas caminaban por la calle envueltos en bruma, provocando el efecto de que estaban completamente solos...

Talos iba a besarla... Eve quería que él la besara. Ansiaba que lo hiciera.

Él lentamente bajó la cabeza. Eve sintió que todo su cuerpo vibraba de anhelo, de deseo...

Sin embargo, cuando cerró los ojos y esperó sentir el beso sobre los labios, se encontró de repente a más de un metro de distancia de él.

–¿Qué es lo que pasa, Eve? –le preguntó él en voz baja–. ¿Por qué te has alejado de mí?

–No lo sé, quería besarte, pero, por alguna razón... tengo miedo.

–Y tienes motivos para tenerlo –replicó él, sonriendo.

–¿Qué es lo que quieres decir?

–El fuego que hay entre nosotros podría consumirnos –dijo. Lentamente, le besó todos los nudillos de las manos–. Cuando yo empezara a besarte, no podría parar... Vamos. Es tarde. Vamos a la cama.

¿A la cama?

Las rodillas de Eve comenzaron a temblarle. Comenzaron a caminar hacia el hotel. La cama estaba esperándoles. Se mordió el labio inferior y lo miró de reojo. Era tan guapo y tan fuerte... Sin embargo, más allá de aquella increíble sensualidad, era un hombre paciente. No se había mostrado enojado ni herido por el hecho de que ella no pudiera recordarlo. No. Lo único que le había importado era que ella se sintiera cómoda.

Eso no era del todo cierto. Había querido otra cosa.

Quería casarse con ella. El padre de su hijo, un guapo y poderoso magnate griego, quería casarse con ella. ¿Por qué no podía aceptar? ¿Por qué no podía dejarle al menos que la besara?

«Y tienes motivos para tenerlo».

De repente, sintió mucho frío.

–¿Me das mi gabardina, por favor? Tengo mucho frío.

–Por supuesto, *khriso mu* –respondió él. La envolvió tiernamente con la prenda. Durante un momento, ella se sintió presa de su mirada–. Te llevaré al hotel.

Así fue. A los pocos minutos, se encontraban en el interior de la suite. Talos inmediatamente le soltó la mano. Cuando ella salió del cuarto de baño después de lavarse los dientes, él ni siquiera levantó la mirada del escritorio en el que se encontraba trabajando.

–Gracias por prestarme la parte de arriba de tu pijama –dijo ella, incómoda–. He debido de perder el mío. No había ninguno en mi maleta.

–Siempre duermes desnuda.

–Bueno, yo...

–Quédate tú con la cama –dijo Talos. Se puso de pie y cerró el ordenador. Su oscura mirada era fría y distante–. Trabajaré en el despacho para no molestarte. Cuando esté cansado, dormiré en el sofá.

Eve jamás habría esperado que Talos la tratara como si fuera una invitada.

–¡No vas a caber en ese sofá!

–Ya me las arreglaré. El bebé y tú necesitáis descansar –apostilló. Entonces, se dispuso a abandonar el dormitorio–. Buenas noches.

Talos apagó la luz. Como a Eve no le quedaba más elección, se metió en la cama y se tapó hasta el cuello. Se sentía a la deriva. Triste. Sola.

Suspiró y trató de acomodarse para poder dormir un poco.

¿Por qué no había dejado que él la besara?

Había ansiado saber lo que se sentía al notar la boca de Talos contra la suya. Suspiraba solo pensándolo y, sin embargo, se había alejado de él.

«Y tienes motivos para tenerlo».

¿De qué? ¿De qué debía tener miedo? Talos era un buen hombre. Su amante. El padre de su hijo. Se había mostrado tan cariñoso, tan romántico, tan paciente con ella... Además, quería casarse con ella.

Tenía que recuperar la memoria por el bien de Talos. Por el bien de su hijo. Por su propio bien.

Se prometió que, al día siguiente, sería valiente. Al día siguiente. Al día siguiente permitiría que él la besara.

Cuando Talos se despertó a la mañana siguiente, Eve no estaba. Se sentó en el sofá. Debía de ser muy tarde. Efectivamente, el reloj que había sobre la chimenea marcaba las once. ¿Dónde estaba Eve?

La cama estaba vacía. Vacía y hecha.

¿Había hecho la cama?

Con un gruñido, se levantó y se acercó la cama. Entonces, vio que sobre la almohada había una nota manuscrita. *Me he ido de compras. Volveré pronto.*

Talos respiró aliviado. No había recuperado la memoria y había salido huyendo. Había ordenado a Kefalas que la vigilara por si acaso. No volvería a escaparse de él.

Eve había salido de compras. Sonrió. Aparentemente, no había cambiado tanto como se había imaginado.

Bostezó y se estiró. Le dolía todo el cuerpo y no solo porque hubiera conseguido encajar su cuerpo de más de un metro ochenta en un sofá que medía mucho menos. Era por estar tan cerca de Eve.

Escuchando cómo respiraba. Recordando la última vez que había dormido en el mismo dormitorio con ella.

Se mesó el cabello. Le había resultado muy difícil pasarse el día anterior con ella, mostrándose cariñoso. Pasar la noche en la misma habitación de hotel había estado a punto de destrozarle los nervios.

Odiaba el hecho de que aún siguiera deseándola.

Tres meses atrás, era perfecta. Su figura era esbelta, pero con curvas en los lugares adecuados. Sin embargo, en aquel momento, sus pechos de embarazada eran tan turgentes y su cintura seguía siendo tan esbelta, que Eve se había convertido en el sueño de cualquier hombre.

Incluido él mismo.

Había permanecido a propósito en el despacho hasta las tres de la mañana contestando e-mails y llamadas de teléfono referentes a su contrato de Australia. Había estado a punto de dormirse sobre el ordenador antes de entrar en el dormitorio para acostarse en el sofá. Incluso dormido, no había dejado de soñar con que le hacía el amor a Eve. Se había despertado con una erección.

Lanzó una maldición y trató de estirar el cuello. Le dolía por todas partes. Entró en el cuarto de baño y abrió el grifo de la ducha. Siempre había sabido que Eve era superficial y egoísta, pero le habían intrigado profundamente todas sus contradicciones, que fuera virgen, que jamás le hiciera preguntas ni revelara ninguno de sus sentimientos. Al contrario de otras mujeres, había disfrutado en la cama sin emoción alguna.

Talos se había sentido completamente cautivado por ella. Cuando, en la cama, la empujaba hasta llegar al clímax, los ojos azules le habían brillado con repentina vulnerabilidad. Ese hecho le había llevado a pensar que había algo más dentro de su alma. Un misterio que solo él podía resolver.

Había seguido creyendo aquello hasta el día en el que ella se levantó de la cama, rebuscó en su caja fuerte y robó información financiera de gran importancia, que le entregó a Jake Skinner durante un romántico desayuno.

Aquella noche, las acciones del grupo Xenakis bajaron casi medio punto, lo que provocó que Talos perdiera casi su empresa entera. Si él no hubiera tenido el recurso de su fortuna personal para respaldar a su empresa, lo habría perdido todo. En vez de comprar pequeñas empresas en apuros, habría pasado a ser uno de los pobres diablos que se veían obligados a vender.

Lanzó una maldición en griego.

Y, a pesar de todo eso, había estado a punto de besarla aquella noche. Había querido poseerla contra la pared de un pequeño callejón una y otra vez, hasta que se hubiera saciado de ella.

Apretó los puños y se metió en la ducha. Dejó

que el agua caliente le cayera por su cuerpo desnudo y se enjabonó. ¿Tan malo sería ceder a la tentación? ¿Tan malo sería tomar lo que tanto deseaba?

Recordó la primera vez que saboreó un carísimo whisky escocés. Solo tenía diecinueve años y acababa de llegar a Nueva York. Había trabajado muy bien para su jefe estadounidense en Atenas, pero aquel era un país nuevo. Un nuevo mundo. Llevaba esperando más de media hora en el despacho de Dalton Hunter y cada vez estaba más nervioso. Al final, decidió servirse una copa de whisky. Acababa de dar un sorbo cuando se dio cuenta de que Dalton lo estaba observando desde la puerta.

Mientras se preguntaba si lo iban a despedir en su primer día de trabajo, levantó la barbilla y había observado con gesto desafiante:

–Está muy bueno.

–Es cierto –replicó Dalton–. Bébetelo todo.

–¿Todo? –preguntó Talos, mirando horrorizado la botella. Estaba casi llena.

–Sí. Ahora mismo o márchate de aquí.

Talos se bebió la botella entera como si fuera agua. Sin embargo, su arrogancia se vio castigada cuando se pasó casi toda la mañana vomitando en el cuarto de baño de la oficina, consciente de que el resto de sus compañeros se estaban riendo de él en el pasillo. Cuando por fin regresó al despacho de su jefe, tenía el rostro enrojecido y sudoroso y se sentía profundamente humillado.

–Ahora, ya sabes que no debes robarme –le dijo Dalton–. Ahora, ponte a trabajar.

Talos aún se echaba a temblar cuando recordaba aquel día. No había podido volver a tocar el whisky. Casi veinte años después, solo el olor lo ponía enfermo.

Así era como deseaba sentirse sobre Eve. Deseaba poder liberarse de su obsesión de una vez por todas hasta que no pudiera ni verla. Hasta que el hecho de pensar en que podía acostarse con ella le resultara tan desagradable como una botella de whisky.

Cerró el grifo y se secó. Sacó la ropa necesaria del armario y se vistió.

Mientras se miraba en el espejo, se juró que jamás se dejaría llevar por la lujuria. No dejaría que Eve volviera a seducirlo. Lo único que quería de ella era su hijo. No descansaría hasta verlo sano y salvo entre sus brazos. Hasta que Eve desapareciera de sus vidas para siempre después de que el niño naciera.

Se abotonó la camisa blanca y se miró en el espejo. Se juró que jamás volvería a ser el estúpido necio que había sido meses atrás. No volvería a bajar la guardia. No perdería nunca más el control. Tenía que convencerla de que se casara con él tan pronto como fuera posible. Aquel mismo día, si podía. No podía arriesgarse a que recuperara la memoria antes de haberla convertido en su esposa. Entonces, la ayudaría a recordar. Cuando naciera el niño, le haría elegir entre dinero o su hijo. No le cabía la menor duda de lo que ella elegiría.

Por ello, aquel día, se comportaría como un enamorado amante. La tentaría. Le susurraría dulces palabras al oído. Poesía. Flores. Joyas. Lo que fuera.

En aquel momento, oyó que la puerta de la habitación se abría y se cerraba. En menos de un segundo, vio a Eve de pie detrás de él. Se quedó boquiabierto por lo que vio en el espejo. Ella le dedicó una serena sonrisa.

–Buenos días.

–Eve –dijo él dándose la vuelta sin poder creer lo que veía–. ¿Qué has hecho?

Capítulo 5

EVE había estado sonriendo, pero, de repente, se sintió muy tímida. Se llevó la mano al cabello, que el día anterior había tenido largo y que, en aquellos momentos, apenas si le rozaba los hombros, y dijo:

—Me he cortado el pelo.

—Eso ya lo veo.

—Entonces, ¿por qué me lo has preguntado?

Talos no respondió. Se limitó a rodearla y a mirarla de arriba abajo. Ella levantó la barbilla, como si estuviera desafiándolo a que la criticara. El corte de pelo era moderno más que sexy, pero no era el único cambio. En lugar del ceñido vestido rojo del día anterior, Eve llevaba puesto un sencillo conjunto de punto de color rosa palo. Las sencillas prendas eran bonitas, pero naturales. Las sandalias rosas sin tacón eran el polo opuesto de los zapatos de tacón de aguja. Eve se sentía cómoda, como si por fin fuera ella misma en vez de alguien que solo trataba de llamar la atención con su ropa.

Talos frunció el ceño.

—No lo comprendo. ¿Dónde has comprado eso?

–En una boutique en la Mercerie que me recomendaron en recepción.

–¿Te ha acompañado Kefalas?

–Sí. Yo no quería, pero él insistió. Ni siquiera me permitió utilizar mis tarjetas de crédito. Insistió en que lo cargara todo en tu cuenta.

–Bien. Estás muy distinta... ¿A qué se debe el cambio?

Eve respiró profundamente. ¿Cómo podía explicarle lo horrible que era que los hombres la miraran constantemente?

–Bueno –dijo–. La ropa que tenía en la maleta simplemente no me parecía adecuada.

–Eso no fue lo que dijiste cuando te la compraste en Atenas.

–¿Tú me compraste esa ropa? ¿El vestido rojo también?

–Sí.

–Bueno, era todo muy bonito, pero... –susurró. No quería parecer desagradecida.

–¿Sí?

–Pero no me resultaban cómodos. Además, hacía que la gente me mirara.

–Yo creía que eso te gustaba.

–A pesar de todo, fue un regalo muy bonito – tartamudeó ella–. Te estoy muy agradecida. Fue muy amable por tu parte que me compraras todo eso. No quiero criticar tu gusto, pero...

–Yo no te las elegí. Simplemente lo pagué todo. Lo elegiste todo tú.

¿Cómo? ¿En qué diablos había estado pensando?

–Oh... Bueno, estoy segura de que se venderá bien en las tiendas de segunda mano –dijo–. Son tan bonitas...

Talos miró sorprendido hacia la maleta y vio que estaba vacía.

–¿Me estás diciendo que has regalado toda tu ropa de diseño? –preguntó con incredulidad–. ¿Los Gucci? ¿Los Versace?

–¿Son tus diseñadores favoritos?

–¡No! ¡Son los tuyos!

–Oh... Bueno, esa ropa era demasiado ceñida para mí, por no mencionar demasiado sexy. Tal vez mis gustos han cambiado porque estoy a punto de ser madre. Seguramente es eso, ¿no te parece?

Talos la miró fijamente. Por fin, extendió una mano, que Eve la tomó en la suya.

–Estás muy hermosa –dijo.

–¿De verdad?

–Sí. De hecho, jamás te he visto tan radiante.

Eve suspiró y soltó el aire que había estado conteniendo sin darse cuenta mientras se preguntaba cómo iba a reaccionar él. Lo miró atentamente y vio que, efectivamente, Talos parecía aprobar lo que veía.

–Está bien. Vayamos a dar un paseo –dijo él con una sonrisa.

Durante el resto del día, exploraron los encantos de Venecia. A lo largo del día, la niebla fue cayendo sobre la ciudad y dándole un aspecto melancólico. Sin embargo, Eve casi no se dio cuenta de que la luz del sol había desaparecido. Se sentía alegre y contenta. Talos le sonreía mientras charlaban y reían. Entonces, él le compró una rosa de color naranja en un mercadillo al aire libre. Cuando le dijo en voz baja lo hermosa que era para él, lo mucho que deseaba que se convirtiera en su esposa, Eve se sintió feliz.

Con su nueva ropa, recibió alguna que otra mirada de los hombres, pero nada como el día anterior. Se sintió segura. Libre. No quería que el día terminara. Miró la mano con la que Talos le sujetaba una de las suyas. Era tan posesivo, tan atento... Tan romántico y cariñoso.

Cuando empezó a llover con fuerza, él la empujó hacia una puerta con un rico artesonado. Entonces, para su sorpresa, se dio la vuelta y llamó a la puerta del *palazzo*.

–¿Qué estamos haciendo aquí? –preguntó ella, confusa.

–Ya lo verás.

Les franqueó la entrada un ama de llaves. La mujer les dijo, a duras penas, que el marqués y la marquesa, los amigos de Talos, estaban de vacaciones. Sin embargo, cuando Talos, con la más encantadora de sus sonrisas, le pidió a la mujer que les dejara ver el salón de baile, ella no se pudo resistir.

Cuando el ama de llaves los dejó a solas en el amplio salón, Eve se quedó impresionada por su tamaño y su belleza. Para poder observar mejor el maravilloso techo, subió hasta la mitad de las escaleras.

—Ahí es donde te vi por primera vez —le dijo Talos.

—¿Aquí?

—Sí. Antes de ese día, no había hecho caso alguno a los rumores que circulaban sobre ti. Ninguna mujer podía ser tan hermosa como se decía —añadió, mirándola con el deseo reflejado en los ojos—. Entonces, nos conocimos. Te vi bajando esas escaleras con un vestido rojo. Ibas del brazo de mi mayor rival en los negocios, pero supe enseguida que te apartaría de él —añadió. Lentamente, fue subiendo las escaleras hasta llegar hasta donde ella se encontraba—. Te habría apartado hasta del mismo diablo. Me hiciste perseguirte por toda Venecia durante una semana hasta que, por fin, accediste a acompañarme a Atenas. Allí, descubrí, para mi sorpresa, que eras virgen. Por primera vez en toda mi vida, me encontré deseando más a una mujer después de haberme acostado con ella que antes de hacerlo.

Talos inclinó la cabeza hacia ella. Eve no podía moverse ni respirar.

—Cuanto más me dabas, más quería.

Sin embargo, cuando estaba a punto de besarla, se detuvo de repente y se puso tenso. Sin tocarla siquiera, se apartó de ella. Le dirigió una mirada glacial.

—Vamos. Ya hemos terminado aquí.

Tras darle las gracias al ama de llaves, los dos abandonaron el *palazzo*. En el exterior, el bochorno reinante parecía indicar que estaba a punto de producirse una tormenta, igual que estaba ocurriendo entre ellos.

Cruzaron el Gran Canal a través del puente Rialto. Este estaba casi vacío de turistas. De repente, él se volvió para mirarla. La tomó con pasión entre sus brazos y la estrechó contra su poderoso cuerpo.

—Aquí fue donde te besé por primera vez —dijo con voz ronca.

Se inclinó hacia delante y, tras apartarle el cabello, le enmarcó el rostro entre las manos. Eve siempre había creído que él tenía los ojos negros, pero, en aquel momento, vio que eran de un marrón profundo con reflejos dorados.

—Y aquí es donde te voy a besar ahora...

Eve se echó a temblar. El corazón le latía a la misma velocidad que un colibrí mueve las alas para volar. Quería que Talos la besara, pero, al mismo tiempo, algo la empujaba a salir huyendo.

Sin embargo, no podía hacerlo. Aquella vez, Talos la había agarrado con fuerza. No la iba a dejar escapar.

Fue como si no la hubieran besado nunca antes. Al principio, él la besó con dulzura. Entonces, consiguió que ella abriera la boca. Le lamió los labios y entrelazó la lengua con la de Eve.

El deseo y la pasión se apoderaron de ella como si fueran un fuego. Se le olvidó que quería huir. No se pudo resistir más. No quería hacerlo.

Talos profundizó el beso. En vez de resultar tentador y seductor, de repente se volvió posesivo. Su cuerpo se apretó contra el de ella con tanta fuerza, que Eve dejó de estar segura de dónde empezaba él y dónde terminaba ella.

Nunca antes había experimentado un beso así. Se sentía asombrada, perdida en él. Cuando se apartó de él, se le escapó un pequeño gemido de protesta.

–Ahora, *glyka mu* –susurró–, me perteneces.

Eve cerró los ojos y se repitió una vez más aquellas palabras. «Me perteneces». Talos le había dicho antes aquellas palabras. La había besado allí antes.

Había sido en una cálida noche de verano. Recordó el contacto de las manos de Talos contra sus hombros desnudos. Recordaba que había deseado desesperadamente que él la besara. Recordó haber sentido alivio y triunfo cuando él la besó.

Abrió los ojos y se apartó de él.

–¡Me he acordado de algo!

–¿Qué es exactamente lo que has recordado? –preguntó él. Su voz sonaba tensa y preocupada, pero, perdida en la emoción que la embargaba, Eve no se dio cuenta.

–De nuestro primer beso. ¡Efectivamente fue aquí en el puente, tal y como tú has dicho! Oh, Talos. Estoy recuperando la memoria. ¡Está regresando! ¡Todo va a salir bien!

Le rodeó el cuello con los brazos, llena de gratitud y alivio. Había tenido tanto miedo, pero en aquel momento...

Mientras abrazaba a Talos, sintió que se le

aceleraban los latidos del corazón. De repente, algo entre ellos había cambiado. Al tenerlo tan cerca, al aspirar el aroma de su piel, se sintió diferente. Las mejillas se le ruborizaron cuando lo miró a los ojos.

—Eve, mi hermosa Eve —susurró—. Cásate conmigo. Sé mi esposa...

Ella quería aceptar, pero se obligó a negar con la cabeza.

—Tú te mereces mucho más. Te mereces una esposa que pueda recordar lo que es amarte...

—No te preocupes por eso. Tengo lo que me merezco. Después de que seas mi esposa, me dedicaré día y noche a ayudarte a recordar tu pasado. Te lo juro.

Eve tragó saliva al imaginarse lo maravilloso que sería ser la esposa de Talos. Era lo adecuado, dado que estaban esperando el nacimiento de su hijo. Tal vez entonces su cuerpo no tendría tanto miedo de que él la besara. Tal vez entonces su sentido del honor aceptaría mucho más que un beso.

—Aceptar algo así sería egoísta por mi parte —musitó.

—Lo que sería egoísta sería rechazarlo. Cásate conmigo. Por el bien del bebé, por el mío.

Eve se echó a temblar cuanto Talos volvió a rozarle los labios. Sintió que los pezones se le erguían y que un escalofrío le recorría todo el cuerpo. Soltó un suspiro. Ya no podía seguir luchando, mucho menos cuando lo único que quería era sentirse amada, protegida y sentir que su bebé también lo era.

—Cásate conmigo —repitió él mientras le besaba los párpados, la frente, la garganta... Eve ya no podía pensar. Talos la abrazaba tan suave, tan tiernamente...—. Cásate conmigo ahora mismo.

Eve sintió que los ojos se le llenaban de lágrimas cuando le miró el hermoso rostro. Un instante después, él volvió a besarla. Lo último que Eve pudo pensar fue que no se acordaba de haberlo amado, pero que, tal vez, no necesitara recordar nada.

Tal vez podría volver a enamorarse de él una vez más.

Capítulo 6

BESAR a Eve fue como caer en el infierno. El fuego le abrasó por todas partes. Le colocó la mano en la nuca y enredó los dedos en su hermoso cabello para poder profundizar el beso.

Llevaba meses odiándola, deseándola. ¿Por qué el hecho de poder besarla por fin le abrumaba más de lo que lo había hecho nunca? No era solo deseo lo que había hecho que el beso fuera diferente. El beso era diferente porque ella era diferente.

Se apartó de ella y la miró. Eve seguía teniendo los ojos cerrados. Una hermosa sonrisa se le había dibujado en los labios. Con su ropa y su corte de pelo nuevos, parecía dulce, natural. Verdadera.

Talos sintió un profundo deseo de llevársela a la cama. De hecho, había extendido la mano para llevarla de camino al hotel cuando se detuvo en seco.

¡No!

No podía olvidar con quién estaba tratando. La mujer dulce e inocente que había delante de él era solo un espejismo. La verdadera Eve Craig era una zorra superficial, una mentirosa egoísta. Le había dado a él su virginidad solo para poder traicionarle con otro hombre. No podía consentir que ella ganara. En aquella ocasión, la victoria estaría de su lado.

—Cásate conmigo —reiteró una vez más—. Cásate conmigo ahora mismo.

—Está bien —susurró ella—. Está bien...

Talos exhaló un suspiro.

—Hoy mismo...

—Sí, me casaré contigo hoy mismo —murmuró ella, mirándolo con un rostro feliz, casi lloroso.

—¿Que se va a casar Talos Xenakis? —exclamó un hombre a sus espaldas—. ¡No me puedo creer que lo acabe de escuchar!

Talos se dio la vuelta y se encontró con un viejo amigo. Este solía pasar su tiempo entre Nueva York y la Toscana. ¿Qué diablos estaba haciendo en Venecia?

—Roark —dijo—, ¿qué estás haciendo aquí?

—Jamás creí que vería este día —replicó Roark Navarre con una sonrisa—. Siempre dijiste que no te casarías nunca. Me lo hiciste pasar muy mal cuando me casé con Lia. ¡Todos acabamos cayendo! —exclamó, riendo—. Me muero de ganas por conocer a la mujer que...

En ese momento, Eve se dio tímidamente la vuelta para mirarlo. La sonrisa se heló en labios de Roark. Se detuvo en seco, con los ojos abiertos de par en par. Entonces, se volvió a su amigo y le dedicó una mirada de perplejidad.

–¿Qué clase de broma es esta?

Eve parpadeó y frunció el ceño.

–¿A qué se refiere? –preguntó.

–Simplemente no se puede creer que una mujer como tú vaya a querer sentar la cabeza al lado de un hombre como yo –respondió Talos. Entonces, por encima de la cabeza de Eve, miró fijamente a Roark–. ¿No es así?

Su amigo comprendió enseguida.

–Sí, así es.

–¿Nos conocemos?

Roark frunció el ceño. Parecía no entender nada.

–Nos hemos visto varias veces, principalmente en fiestas. Una vez, estuvo usted en un comité benéfico con mi esposa.

–Oh –dijo Eve. Entonces, extendió la mano y le dedicó una gesto de disculpa–. Lo siento mucho. Últimamente, he tenido algunos problemas de memoria. ¿Cómo se llama usted?

–Roark Navarre. Mi esposa se llama Lia.

–Encantada de conocerlo. ¿Está su esposa aquí?

–No. Se encuentra en nuestra casa de la Toscana con nuestros hijos –dijo Roark mientras le estrechaba la mano. Entonces, interrogó a Talos con la mirada–. He venido a Venecia para comprarle un regalo. Hoy es nuestro tercer aniversario de boda.

–¡Qué romántico!

–No tanto como lo vuestro. ¿De verdad os vais a casar hoy?

–Sí –dijo ella, tímidamente. Entonces, miró a Talos. Ella irradiaba alegría y felicidad.

Roark tenía razones de sobre para parecer perplejo. Él era una de las pocas personas que conocía todo lo ocurrido entre Eve y él. Sabía que ella le había robado unos documentos que le había entregado a su mayor rival. Este los había filtrado a la prensa con toda clase de desagradables insinuaciones. Sin duda, Roark se estaba preguntando por qué, en vez de arrancarle la cabeza por haber estado a punto de arruinarlo, Talos le había pedido a Eve que se casara con él.

–Sí, nos vamos a casar hoy –confirmó él–. Además, tenemos más noticias –añadió–. Vamos a tener un niño.

–Oh –dijo Roark entonces, como si de repente todo tuviera sentido.

–Ahora, si nos perdonas tenemos que marcharnos...

–¡Marcharos! –exclamó Roark–. Eso ni hablar. Veníos a la Toscana conmigo, amigo. Solo está a tres horas en coche de aquí. Yo me marcho ahora mismo.

–Pero es vuestro aniversario –dijo Eve–. No podríamos entrometernos de ese modo.

–Tonterías –replicó Roark–. Llamaré a Lia. Hace mucho tiempo que no ha planeado una fiesta, dado que está en casa con lo niños. Le encantará tener excusa para una fiesta improvisada. Además, lleva mucho tiempo queriendo enseñar nuestra casa desde que terminamos de reconstruir el castillo...

–¿Un castillo? –susurró Eve–. ¿En la Toscana?

–Sí. La parte más antigua son las murallas medievales que hay alrededor de la rosaleda. Resulta especialmente hermoso en septiembre. «Estación de brumas y de suave madurez» y todo eso –añadió, mirando un poco avergonzado al paquete que tenía entre las manos.

–Keats –dijo Eve, sorprendida.

–A Lia le encanta la poesía –suspiro, señalando el paquete–. Es una primera edición.

Eve miró a Talos con gesto suplicante.

–Todo suena encantador...

¿Una boda romántica a la que asistirían sus amigos?

–Ni hablar –replicó Talos–. Nos basta con hacerlo aquí rápidamente y ya está.

–Oh, por favor, Talos. Preferiría casarme acompañada de algunos de tus amigos. Sin amigos y sin banquete de boda, nada parecería real.

Efectivamente. De eso se trataba precisamente. Ese matrimonio no era real. Era tan solo un medio para alcanzar un objetivo.

–Comprendo que no quieras molestar a tus amigos el día de su aniversario –dijo ella–. Tal vez podríamos esperar unos días, planear algo aquí en Venecia e invitarlos a ellos aquí.

–Está bien –dijo Talos, apretando los dientes. Decidió perder aquella batalla para ganar la guerra.

–¿De verdad?

–Sí. Nos casaremos en la Toscana.

–¡Oh, gracias! –exclamó ella, levantando los brazos para abrazarlo–. ¡Eres tan bueno conmigo!

–Iré a por mi coche –dijo Roark.

–No –le ordenó Talos–. Mis hombres se ocuparán de tu coche. Iremos en mi avión. No quiero retrasarlo.

–Lo comprendo –dijo Roark con una mirada de complicidad a su amigo. Entonces, sacó su teléfono móvil–. Llamaré a Lia para decirle que vamos de camino.

Cuando se había despertado aquella mañana, Eve no podría haber imaginado que sería el día de su boda ni que se casaría en un castillo de la Toscana.

La hermosa Lia Navarre, a la que el ama de llaves llamaba *contessa* había establecido con Eve un rápido vínculo. La trataba como si fuera una querida amiga, aunque, aparentemente, solo se habían visto una vez antes. Cuando Eve le habló sobre su amnesia, Lia se echó a reír y le dijo que le parecía que la amnesia era una ventaja en cualquier matrimonio.

–Créeme –añadió, secamente–. Hay algunas cosas de mi propio matrimonio que no me importaría olvidar.

Eve había observado cómo Lia llamaba a un diseñador para que le llevara seis vestidos de boda aquella mañana y le organizaba el ramo de flores por teléfono sin dejar de atender a su hija de tres años y cuidar a su pequeño bebé de tres meses.

–Espero ser una madre con la mitad de tus ha-
bilidades –dijo Eve mientras el diseñador le pro-
baba otro vestido. Vio cómo Lia metía al niño en
un portabebés–. Lo haces todo tan bien y todo al
mismo tiempo...

–Tal vez te parezca eso, pero, créeme, nunca
dejo de preguntarme si estoy haciendo lo suficiente o ni siquiera si lo estoy haciendo bien. Estoy
segura de que tú lo harás mucho mejor. No te conozco muy bien, pero hay algo sobre ti que siempre me ha confundido.

–¿El qué?

–Has cultivado siempre una imagen de chica
frívola, pero durante el tiempo que trabajé contigo
en la organización de una fiesta benéfica, me que-
dé asombrada de la capacidad de trabajo que tienes y de tu empuje. Eres la persona más decidida
que conozco, pero no dejas que se vea, ¿por qué?

Eve parpadeó. Entonces, suspiró con fuerza.

–No sé qué decir. Talos me ha descrito de un
modo completamente diferente. ¡Es como si yo
fuera dos personas completamente diferentes!

–En ocasiones, mostramos lados diferentes a
las personas por una razón en concreto,

–¿Como cuál?

–Bueno, no sé. Puede ser por un deseo de
agradar o porque se quiere ocultar . Oh, este es
precioso –dijo Lia refiriéndose al vestido–. Perfecto. ¿Qué te parece a ti, Ruby? –le preguntó a
su hija–. ¿Te gusta?

La niña asintió maravillada.

—¿Qué te parece a ti? —le preguntó a Eve.

Esta se miró en el enorme espejo. El vestido era muy sencillo, de seda de color crema, con un corte que acentuaba los senos y las curvas de su cuerpo. Sintió que se le hacía un enorme nudo en la garganta y tan solo pudo asentir.

—Este es el elegido —le dijo Lia al diseñador, que alegremente comenzó a tomarle el bajo del vestido.

—Yo soy la que lleva las flores —anunció Ruby en tono solemne.

—Muchas gracias —respondió Eve con una enorme sonrisa.

Sin embargo, mientras Lia le colocaba el velo sobre el recogido, Eve se miró de nuevo en el espejo y sintió cómo el corazón le latía con fuerza en el pecho. En menos de una hora, estaría casada con un hombre al que apenas conocía. Un hombre al que solo recordaba de los últimos días. El hombre del que, a pesar de todo, estaba embarazada. No obstante, cuando la besaba, conseguía apartar de sí todos los temores, todos los nervios. Y aquella noche, volvería a besarla. De hecho, haría mucho más. Aquella noche, su noche de bodas, la llevaría a la cama y le haría el amor.

Un escalofrío le recorrió el cuerpo. De repente, no pudo pensar en otra cosa. Todas sus dudas desaparecieron. En lo único en lo que podía pensar era en eso.

—Espero que seas muy feliz, Eve —le dijo Lia, con lágrimas en los ojos—. El matrimonio convierte el cortejo en amor de verdad, en un amor que dura para siempre y que crea una familia.

Una familia. Aquello era lo que Eve deseaba más en el mundo.

Escasos minutos después, con un precioso ramo de rojas anaranjadas, salió de un castillo a la maravillosa Toscana. El sol se estaba poniendo por encima de los viñedos y de las verdes colinas. En una terraza cubierta, cerca de la muralla medieval, un músico comenzó a tocar las notas de una canción a la guitarra, acompañado por una flauta. Todo era sencillo y a la vez mágico.

Entonces, vio a Talos.

Estaba esperándola al otro lado de la terraza. A un lado de él, estaba el alcalde de una ciudad cercana, que era amigo de Lia, y que era la persona que iba a celebrar el matrimonio civil. Al otro, estaba Roark. Este no dejaba de mirar con adoración a su hijita y la tomó en brazos en cuanto llegó a su lado. Su sonrisa se hizo aún más amplia cuando miró a su esposa a los ojos. Al ver el amor que sentían el uno por el otro, Eve sintió que el corazón se le detenía en el pecho. Aquello era precisamente lo que ella quería. Una vida así. Un amor así.

Entonces, cuando miró al novio que la esperaba, la expresión que él tenía en el rostro la dejó paralizada.

Tenía una mirada misteriosa en el rostro, llena de calor y de fuego, pero, al mismo tiempo, había algo más, algo que ella no comprendía y que le asustaba.

La guitarra dejó de sonar. Entonces, Eve se dio cuenta de que se había detenido en medio del pasillo. Suspiró profundamente y, tras decirse que era una tonta, siguió caminando. Cuando llegó al lado de los tres hombres, Talos le levantó el velo y ella lo miró con una tímida sonrisa.

Él no se la devolvió. En vez de eso, le dirigió una mirada de puro deseo. Como si ya estuvieran en la cama.

El alcalde comenzó a hablar, pero Eve no escuchaba lo que decía. Tampoco los Navarre parecían estar a su lado. Hasta la Toscana se difuminó en su campo de visión.

Solo estaba Talos.

Su pasión.

Su fuego.

Recordaba vagamente haber repetido las palabras del alcalde, haber escuchado la profunda voz de Talos a su lado. Entonces, él le colocó un anillo de diamantes en el dedo y la besó suavemente.

Así de fácil se habían convertido en marido y mujer.

Capítulo 7

DESDE el momento en el que Talos la vio con el vestido de novia, tan encantadora y tan dulce con su tierna y tímida sonrisa, experimentó un terremoto en el alma. El vestido, igual que ella, era muy sencillo. No había artificio alguno en ella. Solo belleza e inocencia.

Eve, su antigua y mentirosa amante, acababa de convertirse en su esposa. Los enormes ojos azules de ella lo miraban llenos de esperanza y felicidad. Casi podía sentir la luz del sol cuando la tocaba. El anhelo que sentía ya no tenía que ver solo con el deseo, sino con algo más. Ansiaba sentir la calidez de su cuerpo, su alegría...

«Mentiras», se dijo. La mujer que había delante de él, la que era ya su esposa, no existía. Ella le había hecho desear algo más, cosas que él jamás podría tener.

Una familia. Un hogar.

Aquello resultaba mucho más doloroso que la traición. Aquella versión de Eve era tan solo una ilusión. Si se permitía sentir algo por ella, si se permitía volver a confiar, se convertiría en el mayor necio de toda la tierra.

En cuanto ella recuperara la memoria, esa mujer desaparecería. En cualquier momento, volvería a convertirse en la mujer traicionera y egoísta que recordaba.

Durante el banquete de boda que siguió a la ceremonia, observó cómo ella tenía en brazos al bebé mientras entretenía a la pequeña Ruby. Talos no podía apartar los ojos de la radiante belleza de su esposa.

Hacia el final de la cena, Roark y Lia brindaron por su aniversario con champán en privado mientras que Eve, aún vestida con su traje de novia, cuidaba de sus hijos. Talos no hacía más que pensar que se convertiría en una esposa perfecta. La deseaba tanto... Ansiaba tanto tocarla, que el cuerpo se le tensaba casi dolorosamente. De repente, comprendió que aquella mujer tan dulce era mucho más peligrosa que la seductora amante que había sido anteriormente.

La deseaba. En su cama. En su vida.

Ansiaba el sueño que ella le ofrecía. Ansiaba que pudiera llegar a ser cierto. Principalmente, ansiaba el dormitorio que sabía les estaba esperando en el ala de invitados del castillo, adornado de pétalos de rosa, velas y suaves sábanas.

No. ¡No podía dejarse llevar!

Se levantó y dejó la copa de vino con tanta fuerza sobre la mesa que se rompió. El vino se derramó por toda la mesa. Ruby se puso a llorar.

Roark y Lia, que estaban abrazados al otro lado de la estancia, lo miraron asombrados.

–Lo siento –musitó–. Lo siento.

–¿Qué es lo que te ocurre? –susurró Eve–. ¿Qué pasa?

–Tenemos que marcharnos. Gracias por organizar nuestra boda.

–Estás de broma, ¿verdad? He preparado el dormitorio para vosotros y...

–Lo siento, pero no podemos quedarnos...

Lia abrió los ojos de par en par. Talos sabía que se estaba comportando de un modo muy grosero, pero decidió que ya se lo explicaría a Roark más adelante. Su viejo amigo lo entendería y le disculparía ante su esposa. Lo único que Talos sabía era que no podía quedarse ni un minuto más en aquel lugar tan romántico, tan lleno de felices sueños que, para él, siempre serían mentiras.

Había conseguido su objetivo. Eve era su esposa. Había ganado ya la mitad de la guerra. Lo único que tenía que hacer ya era conseguir que recuperara la memoria. Enseguida. Antes de que la tentación fuera demasiado fuerte.

Se dio la vuelta y se marchó de la terraza.

–¡Talos! ¡Talos! –exclamó su esposa mientras él entraba en el castillo. No miró atrás. En vez de eso, abrió su teléfono móvil y comenzó a dar órdenes.

Eve había empezado aquella guerra tres meses atrás. Él la terminaría.

–Señora Xenakis, el avión aterrizará en breve.

Eve abrió los ojos y vio a una azafata que estaba junto a ella con una bandeja en las manos. Se incorporó un poco y se frotó los ojos. Se sentía completamente desorientada. Se alisó el vestido de novia con las manos, pero no le sirvió de nada. La seda estaba ya muy arrugada.

Aún no entendía lo que había ocurrido. Era una novia feliz y contenta y, un segundo después, veía cómo Talos la sacaba del castillo, la metía en un avión y se marchaba sin dar las gracias a Lia y a Roark por todas las molestias que se habían tomado. Habían salido huyendo de la celebración de su propia boda como si fueran unos ladrones. Una vez en el avión, él la había ignorado por completo y se había negado a responder ninguna de las preguntas que ella le hacía. Se había sentado tan lejos de ella como había podido y, entonces, le había pedido a la azafata que le sirviera un whisky. A continuación, se había limitado a olerlo y le había ordenado que se lo llevara.

¿Se había vuelto loco?

Se pasó el resto del corto vuelo trabajando en su ordenador. Asombrada y dolida, Eve se había quedado dormida mirando por la ventanilla.

—¿Dónde estamos? —le preguntó a la azafata.

—Hemos empezado las maniobras para poder aterrizar en Atenas, señora.

—¡Atenas! —exclamó ella—. ¿Cuánto tiempo he estado durmiendo?

—Casi dos horas.

Dos horas. Miró a su esposo y vio que seguía sentado frente a su escritorio. Decidió darle el beneficio de la duda y pensó que podría ser que, efectivamente, tuviera trabajo que hacer, algo tan urgente e inesperado que no le hubiera permitido disfrutar adecuadamente de su luna de miel.

Sin embargo, esa explicación no la satisfizo. Talos se había mostrado frío y distante desde el momento en el que se convirtió en su esposo.

Era casi como si estuviera enfadado con ella, pero eso no tenía sentido. ¿Acaso no había ido a Londres para buscarla? ¿No había sido él quien le había propuesto matrimonio cuando descubrió que estaba embarazada? ¿No se había pasado días tratando de convencerla tierna y apasionadamente para que se casara con él?

Cuando por fin se había convertido en su esposa, había empezado a comportarse como un hombre que despreciaba hasta su misma existencia. No entendía nada.

La azafata le colocó cuidadosamente una bandeja sobre la mesa más cercana.

—El señor Xenakis pensó que tal vez le apetecería tomar algo de comer antes de que aterricemos.

—¿Y no quiere cenar conmigo? —le preguntó, sin poder ocultar el dolor que sentía.

—Lo siento, señora.

Cuando la azafata se marchó, Eve trató de pensar, de comprender. Talos no podía haberse casado por su dinero, dado que la fortuna de ella, por muy grande que fuera, no podía igualar la de él. ¿Por qué, entonces?

¿Porque estaba embarazada de él? Había dicho que quería darle al niño su apellido. ¿Era esa la razón?

No. Se dijo desesperadamente que Talos se había casado con ella porque la amaba. Sin embargo, en realidad, jamás había pronunciado esas palabras...

Tomó la fruta y el agua que había en la bandeja. Talos, a pesar de sus continuas miradas, siguió ignorándola mucho después de que el avión aterrizara. Después de que la puerta se abriera, los dos bajaron las escalerillas. Ella respiró profundamente.

Atenas a medianoche.

Los asistentes y varios guardaespaldas los estaban esperando en la pista, junto con dos coches. Pasaron el control de aduanas rápidamente y, a los pocos minutos, los dos estaban sentados en el asiento posterior de un Bentley negro. Un chófer los llevaba a la ciudad.

Ella lo miró fijamente hasta que consiguió que él se fijara en ella.

–Talos, ¿por qué te comportas de este modo?

–¿De qué modo?

–Como si fueras un estúpido.

Él apretó la mandíbula y se puso a mirar por la ventanilla.

–Lamento que te sientas tan necesitada y tan insegura, que creas que debes ser el centro de mi atención en cada momento, pero, al contrario de ti, a mí no me basta con vivir del dinero de otras personas. Al contrario de ti, yo soy el dueño de un negocio y debo dirigirlo. El hecho de que estemos casados no significa que tenga la intención de pasarme todas las horas del día adorándote.

Eve lo miró con la boca abierta. Estaba completamente atónita. Respiró profundamente para no responderle de forma grosera y trató de ver las cosas desde su punto de vista para ver si existía la posibilidad de que ella se estuviera comportando de un modo poco razonable.

No.

Apretó las manos y respiró profundamente para tranquilizarse. Era su esposa. Quería mostrarse cariñosa y comprensiva. Estaban en su luna de miel. No quería iniciar una pelea sobre algo tan pequeño como un cambio en el estado de ánimo de Talos. Sin embargo, por otro lado, no era un felpudo y lo mejor era que su esposo se fuera enterando.

–Por supuesto que entiendo que debes trabajar –dijo, tratando de hablar en el tono de voz más amable y comprensible posible–, pero eso no explica por qué te has mostrado tan frío conmigo toda la noche. Ni por qué nos hemos tenido que marchar de la Toscana. Después de todas las molestias que se tomaron tus amigos, podríamos al menos haber pasado la noche allí.

–No me interesaba.

Eve se sonrojó. Se sintió profundamente humillada. Llevaba toda la noche imaginándose su noche de bodas, anhelando estar con Talos y sentir cómo él le hacía el amor. Aparentemente, a él no le interesaba en absoluto.

–¿Por qué me tratas de este modo? –susurró–. Llevas haciéndolo desde el momento en el que me convertí en tu esposa. ¿Acaso... acaso lamentas haberte casado conmigo?

Talos la miró fijamente y luego se giró hacia un lado mientras sacaba el ordenador de su funda.

–Llegaremos pronto a casa.

–¿Por qué te comportas como si, de repente, me odiaras?

–No voy a hablar de esto contigo en este momento.

–¿Cuándo entonces?

El teléfono de Talos comenzó a sonar.

–Lo sabrás todo muy pronto –dijo. Abrió el teléfono–. Xenakis.

Mientras hablaba por teléfono en griego, Eve se miró el enorme diamante que tenía en el dedo. Llena de aprensión, dirigió entonces su mirada hacia la ventanilla. ¿Por qué se había casado Talos con ella si tenía la intención de tratarla de aquella manera?

Se colocó la mano sobre el vientre, donde estaba creciendo su hijo, y notó que estaba más redondeado que antes.

«Yo no le habría dado mi virginidad a menos que fuera merecedor de mi amor», se dijo. No había querido casarse con él tan rápidamente. Había tratado de resistirse, pero Talos no había hecho más que insistir.

Se había mostrado tan cariñoso, tan paciente... Tan perfecto...

¿Habría cometido un grave error casándose con él?

«Y tienes motivos para tenerlo». Eso era lo que él le había dicho, con una extraña mirada en los ojos. ¿Era posible que se hubiera casado con ella solo porque estaba embarazada de su hijo o por alguna otra razón más siniestra?

No podía ser por amor a juzgar por el modo en el que se comportaba con ella.

El Bentley se detuvo frente a un elegante edificio de nueve plantas situado en una imponente plaza del centro de la ciudad. Talos se bajó del coche sin mirar atrás. Por primera vez, dejó que fuera el chófer quien la ayudara a salir del coche.

Ya en la acera, Eve miró el edificio y la Acrópolis, que estaba iluminada. Se sobresaltó al oír la voz de Talos a sus espaldas.

–Bonita, ¿verdad?

Se dio la vuelta y vio que él la estaba observando con un gesto cruel y jocoso a la vez.

–Sí.

Mientras el conductor y el portero se ocupaban del equipaje, Talos se acercó a ella.

–Te encantará la vista que tenemos desde el ático. Allí fue donde te entregaste a mí por primera vez –le susurró al oído–. Durante semanas, no dejamos esa cama casi en ningún momento.

–Bien, pues espero que disfrutaras porque no

va a volver a ocurrir –le espetó ella, levantando la barbilla.

Los ojos de Talos se oscurecieron ante aquel desafío. Le agarró la mano y, aunque ella trató de apartarla, no la soltó. Seguidos de guardaespaldas y sirvientes, entraron en el exquisito vestíbulo y se dirigieron al ascensor.

Solo la soltó cuando estuvieron a solas en el enorme ático. Eve se frotó la muñeca y lo miró fijamente.

–¿Por qué estabas tan decidido a casarte conmigo tan rápidamente, Talos? –le preguntó–. ¿Por qué? Quiero la verdad ahora mismo.

–¿La verdad? –replicó él–. Eso es una novedad en lo que se refiere a ti.

–¿Ha sido porque yo estaba embarazada?

–Siempre protegeré a mi hijo.

El dolor que sintió al oír aquellas palabras fue inmenso. No había amor. No tenía nada que ver con el amor.

–Si solo ha sido por el bien del niño, ¿por qué me has mentido? ¿Por qué me dijiste que me amabas?

–Yo no te he mentido nunca. Dije que quería casarme contigo y darle mi apellido a ese niño. Las dos cosas son ciertas.

–Me hiciste creer que me amabas –susurró ella, con los ojos llenos de lágrimas–. Me engañaste para que me casara contigo. ¿Es que no tienes sentido alguno del honor?

–¡Honor! ¡Tú me acusas de deshonor!

Eve de repente sintió mucho miedo. Talos estaba muy cerca de ella y le había agarrado las dos muñecas con fuerza. Entonces, sintió el aliento de Talos sobre la piel. Oyó que su respiración dejaba de reflejar ira para indicar algo muy distinto. Él comenzó a mirarle los labios y, en aquel momento, Eve creyó que el corazón iba a detenérsele.

Tras tomar una gran bocanada de aire, él le soltó las manos. Se apartó de ella y se dirigió hacia el pasillo. Unos instantes más tarde, regresó con una prenda muy ligera y plateada en las manos.

—Ponte esto —le dijo, con desprecio. Entonces, le lanzó la prenda a la cara.

Eve lo observó durante un instante. El corazón seguía latiéndole con fuerza. Entonces, consiguió serenarse y levantó el vestido. Era un minúsculo vestido de cóctel adornado con lentejuelas metálicas. Resultaba muy sexy... como el resto de las prendas que ella había regalado en Venecia.

—No. Te he dicho que no quiero volver a vestirme así nunca más.

—Harás lo que yo te diga.

—Soy tu esposa, no tu esclava.

Talos se acercó de nuevo a ella con gesto amenazante y la agarró por los hombros.

—Me obedecerás o...

—¿O qué? —le espetó ella.

Sus miradas se cruzaron. Eve oyó que la respiración de Talos se aceleraba. Sabía que él quería besarla. Lo sentía. Sin embargo, la soltó sin hacerlo. Su expresión se convirtió en una máscara. Cuando miró su reloj de platino, tenía un aspecto casi aburrido.

–Es mejor que te des prisa. Nos marchamos dentro de diez minutos. Arréglate lo mejor que puedas, ¿de acuerdo? –añadió, fríamente–. En la fiesta estará un viejo amigo tuyo.

–¿Fiesta? ¿Qué fiesta? ¿De qué amigo me estás hablando?

Talos se marchó sin responder, dejándola sola para que se cambiara de ropa.

«Sola», pensó amargamente.

Ni siquiera había sabido el significado de aquella palabra hasta que se había convertido en una mujer casada.

Capítulo 8

HABÍA sido demasiado amable con ella. Mientras estaba sentado junto a Eve para recorrer el breve trayecto en coche hasta el cercano barrio de Monastiraki ignoró por completo los furiosos resoplidos que ella lanzaba de vez en cuando a su lado. Talos había sentido la tentación de contárselo todo en el ático, pero se había contenido por el bien del bebé que ella llevaba en el vientre, por miedo a que la sorpresa le provocara un aborto. Sin embargo, en pocos instantes, lo recordaría todo cuando viera a su amante.

Apretó la mandíbula y se limitó a mirar por la ventanilla. El Bentley pasó bastante cerca de la plaza de la Constitución, donde Talos cometió su único delito. A los quince años, dos meses después de que muriera su madre, rompió la ventanilla de un coche de lujo. No salió como había esperado. El dueño del coche se abalanzó sobre Talos en la acera y le arrebató el radiocasete de las manos.

Talos no trató de negar su delito. Lo confesó abiertamente y, con tanto encanto como le permitió su inglés autodidacta, le sugirió al hombre que le había hecho un favor.

—Creo que una marca diferente de equipo de música le iría mucho mejor.

Entonces, inclinó la cabeza y esperó a que el hombre llamara a la policía. En vez de eso, Dalton Hunter lo contrató allí mismo.

—A nuestra delegación de Atenas le vendría bien un chico como tú —le dijo.

Muy pronto, Talos se convirtió en el mensajero del director de la naviera estadounidense. Desde aquel día, se había sentido completamente obsesionado por la justicia. Fue subiendo en la empresa poco a poco y, tras hacer una serie de inversiones afortunadas, ganó su primer millón a la edad de veinticuatro años. Entonces, el padre que había abandonado a su madre cuando esta se quedó embarazada de Talos, leyó un artículo sobre él en el periódico y se puso en contacto con él según él, no para pedirle dinero, sino solo para conocerlo. Talos se negó a hablar con él. Dalton Hunter era para él mucho más padre de lo que aquel hombre lo había sido. Al menos, eso había sido lo que Talos había pensado hasta once años atrás cuando Dalton resultó ser un completo corrupto.

Sin embargo, en lo que se refería a corrupción, una mujer les había ganado a todos.

Miró a Eve. Ella mostraba una belleza fría con el minúsculo vestido de cóctel y los zapatos de tacón de aguja. Llevaba los labios pintados de una tonalidad de carmín tan roja que parecía sangre.

Volvía a ser la mujer que él recordaba. Como si nada hubiera cambiado.

¿No era eso lo que él quería?

El coche se detuvo delante de un antiguo edificio blanco, que en aquellos momentos era la sala de fiestas de un amigo de Talos. Este saltó del coche y se estiró la ropa mientras esperaba. El chófer abrió la puerta de Eve. Esta salió del coche y se acercó a él.

—¿Qué te pasa? —le espetó—. ¿No te gusta el aspecto que tengo?

Talos la miró. Era una diosa de hielo. Arrebatadora. Poderosa.

—Servirás —replicó. Entonces, le indicó la puerta.

Mientras ella avanzaba a su lado, Talos comprobó de nuevo cómo todos los hombres se volvían a mirarla. Eve levantó la barbilla y fingió no darse cuenta. Se mostraba distante y digna, pero él sabía que, en su interior, ardía la furia.

En el pasado, a Talos le había gustado presumir de que tenía a la mujer a la que todos los demás hombres deseaban. Eso había cambiado en Venecia y, en aquel momento, la ira se había apoderado de él.

¿Por qué? ¿Porque era su esposa? Solo en apariencia. Aquella noche, por fin, se vengaría de ella. Cuando Eve viera a su antiguo amor, lo recordaría todo. Comprendería que había caído en su trampa.

—¡Talos!

La anfitriona, una mujer de unos treinta y tantos años casada con un magnate griego que era tres veces mayor que ella, se acercó a saludarlo con una gran sonrisa.

–¡Qué maravillosa sorpresa, cariño! Tu asistente envió tus disculpas y... Oh, dios mío. Eve Craig. No esperaba... Jamás pensé que tú...

–¿Está Skinner aquí? –la interrumpió Talos.

–Había oído que estabas en Australia –respondió la anfitriona–. De otro modo, jamás lo habría invitado. Por favor, cariño, no quiero problemas...

–No te preocupes, Agata. Simplemente vamos a charlar un poco.

–Te tomo la palabra –dijo la mujer, aliviada. Entonces, miró a Eve y le sonrió antes de darle un beso al aire–. No sabía que Talos y tú aún estabais juntos, Eve, cariño.

–Así es –replicó ella fríamente.

Talos se acercó a la barandilla y miró hacia la parte inferior. En la discoteca, se iba a celebrar aquella noche la fiesta del vigésimo noveno cumpleaños de Agata. Era ya el tercer año en el que ella cumplía aquellos años. De repente, en la barra del bar, Talos vio a Jake Skinner, su rival.

Miró rápidamente a Eve y esperó a que ella viera al magnate estadounidense. Sin embargo, ella lo estaba mirando a él con furia.

–¿Te estás divirtiendo? –le preguntó ella–. ¿Es esta la razón de que te casaras conmigo? ¿Para lucirme como una mujer florero?

–Puedo hacer lo que quiera contigo –le espetó él.

La agarró por el brazo y la obligó a bajar las escaleras. Entonces, la dirigió directamente al lugar en el que se encontraba Jake Skinner. Allí, la miró fijamente, esperando ver en los ojos de Eve cómo ella reconocía a Skinner. El hombre al que era leal. El hombre a quien ella amaba.

El atractivo playboy norteamericano se dio la vuelta y contuvo la respiración al ver a Talos. Miró a su alrededor con nerviosismo, como si estuviera buscando la salida.

—Xenakis, estamos en un lugar público. Ni se te ocurra...

—Tranquilo. He venido a divertirme.

—Entonces, ¿no hay rencor? —le preguntó Skinner, visiblemente más tranquilo—. Solo le entregué ese documento a la prensa porque me parecía que estabas infringiendo la ley.

—Por supuesto, lo entiendo —replicó Talos, sabiendo con toda seguridad que Skinner lo había hecho buscando su propio beneficio—. Tú no sabías si yo era culpable o no y nadie —añadió, mirando a Eve— debería permanecer impune a sus delitos.

Eve frunció el ceño y lo miró, como si estuviera tratando de comprender el significado de aquellas palabras. No parecía tener interés alguno en Jake Skinner.

¿Por qué no funcionaba? Skinner era el amor de su vida. Tenía que serlo. No podía haber otra razón por la que ella hubiera sido capaz de traicionarlo de aquella manera. ¿Por qué no reaccionaba de modo alguno al verlo?

Apretó la mandíbula y se volvió para dedicarle a su rival una dura sonrisa.

—Y precisamente para demostrarte que no hay rencor, Skinner, te he traído una pequeña ofrenda de paz.

Entonces, empujó a Eve hacia él. Ella se tambaleó y estuvo a punto de caerse. Skinner abrió la boca y exclamó con incredulidad:

—¿Tu ofrenda de paz es Eve?

—Olvídalo, canalla —le espetó Eve, volviéndose para mirar de nuevo a Talos—. Ni hablar. Ni siquiera bailaré con él.

—Claro que lo harás.

Ella contuvo el aliento y, durante un instante, Talos pensó que iba a abofetearlo. Entonces, se irguió con elegante dignidad.

—Es una buena idea —dijo, con frialdad. Entonces, se volvió a sonreír a Skinner—. ¿Bailamos?

—Sí... Oh, sí...

Había tal deseo reflejado en los ojos de Skinner, que Talos tuvo que apretar los puños. Observó cómo su rival en los negocios acompañaba a su esposa a la pista de baile. Cuando la música empezó, Talos no pudo apartar la mirada.

Eve bailaba muy bien. Siempre lo había hecho. Cada movimiento de su cuerpo provocaba que las lentejuelas del vestido parecieran moverse como las olas sobre su delicioso cuerpo. Sin tocar a Skinner, se movía lenta, sensualmente, delante de él mientras levantaba los brazos.

Jake Skinner, y casi todos los hombres que había sobre la pista de baile, la miraban completamente boquiabiertos mientras Eve, con los ojos cerrados, se contoneaba al ritmo de la música.

Talos se sintió también como si le faltara el aire... o se estuviera muriendo de sed. Agarró un martini de la bandeja de un camarero que se detuvo delante de él y se lo tomó de un trago sin dejar de mirar a su esposa. Todos los hombres la miraban con lujuria. De repente, él sintió un agudo dolor en la mano y miró hacia abajo. Entonces, vio que acababa de hacer añicos la copa de martini que tenía en la mano.

–*Me singkorite!* –exclamó un camarero que se marchó precipitadamente a buscar una escoba.

–*Oriste* –dijo Agata, que apareció de repente a su lado con un paño.

Talos lo tomó.

–*Efkharisto.*

–Estás perdiendo el tiempo con ella –susurró Agata–. Vas a salir herido.

–Te equivocas –dijo Talos mientras se secaba la sangre de la mano. Los cortes no eran profundos–. Ella no puede hacerme daño.

Sin embargo, sabía que estaba mintiendo. Eve le había hecho mucho daño ya hacía tiempo.

Volvió a observar a Eve. El deseo que sentía hacia ella era más profundo que cualquier corte. Como los demás hombres de la discoteca, la deseaba profundamente. El hecho de estar tan cerca de ella, de haberla tenido en su cama pero sin poder tocarla, lo estaba volviendo loco.

Había estado completamente seguro de que Eve recuperaría la memoria en aquella fiesta y volvería a convertirse en la cruel seductora que él recordaba. Y así había sido, pero no del modo que él había esperado.

Eve lo estaba provocando.

Sentía que el cuerpo se le iba cubriendo de sudor. Cuando la canción terminó, oyó el gruñido de apreciación de muchos hombres. Sintió que muchos hacían ademán de acercarse a ella.

Eve, como si estuviera saliendo de un trance, abrió los ojos. Talos vio que Jake Skinner trataba de agarrarla...

De repente, Talos se encontró al otro lado de la sala, en medio de la pista de baile. Apartó a su rival.

–¡Aléjate de mi esposa!

–¿De tu esposa? –repitió Skinner, asombrado. Entonces dio un paso atrás–. ¿Estás casada?

–Así es –admitió ella. Entonces, miró a Talos–. No sabía que te importara.

–Me importa –replicó él–. Te repito que te mantengas alejado de mi esposa...

Skinner los miró y lo que vio en el rostro de Talos debió de convencerle porque se dio la vuelta y salió corriendo. Talos sintió que los ojos de todos caían sobre él. Y eso que le había prometido a Agata que no haría una escena.

–Feliz cumpleaños –le dijo a su anfitriona–. Gracias por la fiesta.

Entrelazó los dedos con los de Eve y la acompañó al exterior del edificio. Solo cuando estuvieron en la acera y el aire fresco de la noche le rozó la piel, se volvió a mirarla.

–Estúpida... ¿En qué estabas pensando con ese pequeño espectáculo?

–¿Acaso no era eso lo que querías? ¿No es esto lo que quieres que sea? –le preguntó, conteniendo las lágrimas–. ¿Es que piensas que porque tú no me desees me puedes pasar a tus amigos...?

Talos la empujó hacia un callejón oscuro.

–¿De verdad crees que no te deseo?

–Lo que creo es que eres un mentiroso –replicó ella–. Me convenciste para que me casara contigo con falsedades y ahora quieres castigarme por alguna razón. No sé por qué, pero yo fui lo suficientemente estúpida como para creer tus palabras, tus falsos besos... No me puedo creer que te dejara tocarme. No volveré a hacerlo nunca...

Talos la interrumpió con un beso y la empujó con fuerza contra la dura pared. La obligó a levantar los brazos y se los inmovilizó sobre la cabeza. Le separó los labios con la lengua y le introdujo la lengua en la boca profundizando el beso hasta que ella se relajó entre sus brazos. Hasta que ella comenzó a devolverle el beso.

En el momento en el que Talos sintió que los labios de Eve comenzaban a moverse contra los suyos, que ella se prendía en un fuego similar al suyo, una inmensa alegría se apoderó de él. Iba a poseerla allí mismo, en el callejón. Contra la pared.

No le importaban las consecuencias. La poseería allí mismo aunque muriera por ello.

Eve tenía la respiración entrecortada. Talos la besaba lentamente mientras le acariciaba lentamente la piel desnuda.

—¿Por qué haces esto? —susurró ella—. Hice lo que querías. ¿Por qué estás tan enfadado? ¿Por qué te sentiste tan posesivo hacia mí cuando bailé con tu amigo tal y como tú querías?

—Ver cómo todos esos hombres se morían también de deseo por ti no fue nunca lo que yo quería.

—Entonces, ¿por qué? ¿Por qué me estás haciendo esto? ¿Por qué me besas un instante para castigarme al siguiente? ¿Acaso me haces daño porque me odias?

Talos se detuvo. La miró y ella vio que el fuego que había en sus ojos se había convertido en anhelo. En confusión. En dolor.

Sin dejar de mirarla, él se quitó la chaqueta negra que llevaba puesta y, sin decir palabra, se la puso encima del minúsculo vestido. Entonces, agarró las solapas y tiró de ella. A continuación, bajó la cabeza y descansó la frente sobre la de Eve.

—Lo siento...

Entonces, la sacó suavemente del callejón hasta llegar al Bentley, que los estaba esperando. Sin explicación alguna, Talos le abrió la puerta y la ayudó a entrar. No le habló en el coche. Ni siquiera la miró. Sin embargo, no le soltó la mano hasta que llegaron a su apartamento. Cuando el coche se detuvo frente a la puerta, la ayudó a salir y volvió a agarrarle la mano sin soltársela.

Ella lo miraba asombrado, incapaz de apartar la mirada de aquel hermoso rostro. Ya en la puerta del ático, Talos la miró. En sus ojos se reflejaba el deseo.

—Debería haber hecho esto hace mucho tiempo.

La tomó en brazos. Abrió la puerta de una patada y la cerró del mismo modo.

Tras cruzar el ático, la colocó suavemente sobre el suelo. Sin dejar de mirarla, le quitó la chaqueta y la dejó caer al suelo. Entonces, Eve cerró los ojos cuando notó que él comenzaba a acariciarle suavemente el cuerpo.

—Eres mía, Eve —susurró.

Ella sintió cómo le recorría el cuerpo con sus grandes manos. Notó cómo los pulgares le rozaban los senos haciendo que los pezones se le irguieran contra la tela de un modo que resultaba casi doloroso. A continuación, él se los tomó en las manos con un gesto casi de reverencia. El cuerpo de Eve estaba tenso, acalorado. Se encontraba débil, casi mareada.

Abrió los ojos cuando sintió que él se arrodillaba frente a ella. Vio cómo él le acariciaba lentamente las piernas, desde las pantorrillas hasta la parte trasera de las rodilla. Sin dejar de masajearle la pierna, le quitó suavemente un zapato, luego el otro. Entonces, los arrojó contra el suelo.

La miraba lleno de pasión y deseo.

Lentamente, volvió a ponerse de pie. Sin dejar de mirarla, se quitó la corbata. Se desabrochó a continuación la camisa y la dejó caer al suelo. Al ver el poderoso torso, tan musculoso y cubierto de un oscuro vello, Eve contuvo el aliento.

De repente, se quedó completamente desnudo ante ella. Su piel aceitunada relucía bajo la luz de la luna que entraba por la ventana. Cada centímetro de su piel exudaba un masculino poder. Eve bajó la mirada y vio lo mucho que él la deseaba. Tragó saliva, temerosa de su tamaño y de su fuerza. Estaba embarazada de él, pero como no tenía ningún recuerdo, se sentía tan tímida como una virgen.

Murmurando suaves palabras en griego, Talos la tomó entre sus brazos y la llevó al dormitorio, donde la depositó suavemente sobre la enorme cama. Allí, le quitó el vestido y las braguitas. De repente, Eve quedó completamente desnuda frente a él y sintió miedo. Sin embargo, antes de que pudiera apartarse, él se colocó encima de ella. Eve sintió la potente erección contra su cuerpo mientras él le besaba con suavidad el cuello y los lóbulos de las orejas.

–*Ekho sizigho*... Cariño mío...

Le agarró los senos, uniéndoselos, mientras le acariciaba los pezones con los pulgares hasta que se irguieron de un modo casi doloroso. Besó primero uno y luego el otro antes de deslizarse sobre ella para besarle el vientre. Con las manos comenzó a acariciarle las caderas, los muslos para centrarse poco después de nuevo en su boca. Fue un beso duro, hambriento. La abrazó y la sujetó con fuerza contra su cuerpo. Eve contuvo el aliento al sentirlo entre las piernas y notar que él trataba de separarle los muslos.

Un murmullo de satisfacción masculina se le escapó a Talos de los labios cuando movió su erección con la húmeda calidez de Eve. Ella se retorció debajo de él y su respiración comenzó a acelerársele. Sintió que se estaba convirtiendo en líquido deseo solo para él. Si Talos no...

Se deslizó dentro de ella con un único movimiento. Eve arqueó la espalda. Gritó cuando él la llenó por completo, sintiendo un placer tan profundo que bordeaba el dolor. Talos por su parte, contuvo la respiración. Cerró los ojos y volvió a hundirse en ella. Se retiró y volvió a penetrarla. Entonces, comenzó a moverse rápida y lentamente dentro de ella. Cada penetración era más profunda y la enviaba cada vez más cerca del éxtasis.

Más fuerte, más rápido, dolor y placer. Solo cuatro veces. Cuatro movimientos más, cada uno de ellos más profundo y más potente que el anterior.

Entonces, Eve explotó por completo.

Capítulo 9

CUANDO Talos sintió que su cuerpo se tensaba, supo que no podría aguantar mucho más. Tocarla era el paraíso. Su piel era aún más suave de lo que recordaba. Sabía tan dulce... La primera vez que se deslizó dentro de ella, estuvo a punto de perder el control. Con cada penetración, observaba cómo los senos se le movían con la fuerza de la posesión. ¿Cuánto tiempo llevaba deseándola? ¿Cómo había podido contenerse durante tantos días?

Sentía que el cuerpo le temblaba con cada movimiento, con la agonía de contenerse cuando lo único que deseaba era hundirse en ella por completo, perderse en el éxtasis de hacerle el amor. Todos y cada uno de sus nervios estaban ardiendo. Jamás se había sentido así antes.

Temblaba por el esfuerzo que estaba haciendo por retener el control. Gruñó cuando la penetró duramente, consiguiendo un placer tan intenso, que estuvo a punto de verterse en ella. Oyó que Eve gemía suavemente, para luego gritar de placer. Entonces, se echó a temblar cuando el cuerpo se convulsionó de puro gozo. Ya no pudo esperar más. Con un grito, se hundió en ella por última vez y lanzó un grito gutural antes de alcanzar un potente clímax.

Completamente agotado, se dejó caer tumbado al lado de ella. La tomó entre sus brazos y la agarró con fuerza.

Estaba amaneciendo. Llevaban durmiendo el uno en brazos del otro al menos dos horas. Algo que él jamás había hecho.

Habían dormido juntos en una cama, por supuesto, haciendo el amor cada poco tiempo. Sin embargo, él jamás la había abrazado de aquel modo, mientras dormían.

Se sentía... satisfecho. Muy protector.

Contempló la belleza desnuda de Eve. Tenía la piel lustrosa y cremosa. Los pechos eran grandes y estaban henchidos por el embarazo, con los pezones que tan ávidamente había lamido él del color de las rosas rosas. El ligero abultamiento del vientre le daba un aspecto más femenino.

Al verla, sintió de nuevo el inicio de una erección. Quería volver a poseerla y no solo con su cuerpo...

¿Cómo podía haber cambiado tanto? ¿Cómo el hecho de perder la memoria había podido convertirla en una persona tan diferente?

Había tratado de resistirse a ella. Tenía toda la razón del mundo para castigarla por ello, pero no podía hacerlo.

Algo en su interior se lo impedía. A pesar de

que su alma le pedía justicia, no podía hacerlo. Solo le quedaba una carta por jugar. Su última oportunidad de conseguir justicia.

Podía decirle la verdad. Podía llevarla al lugar en el que ella le había traicionado. Era su última oportunidad porque aquella nueva Eve, la mujer que en aquellos momentos estaba durmiendo entre sus brazos, era demasiado hermosa, demasiado real, demasiado vulnerable. Había contado con derribar sus defensas, pero jamás habría pensado que su inocencia derribaría las suyas.

Sin embargo, tarde o temprano, Eve volvería a ser la de entonces. La fría y cruel vampiresa que lo había vendido por amor o por dinero. La mujer que, sin duda, odiaría al hijo que vendría por lo que el embarazo le iba a hacer a su figura perfecta. La mujer que ignoraría o descuidaría a su hijo por conseguir sus propios objetivos. La que nunca estaría con ningún hombre mucho tiempo.

Por eso, tenía que acabar con aquel asunto aquel mismo día. Tenía que hacer desaparecer a la nueva Eve por completo antes de que él... de que él...

De repente, oyó un extraño sonido. Frunció el ceño y la miró. Durante un instante, oyó tan solo la respiración de Eve y el sonido de los pájaros de la mañana. Entonces, oyó que ella contenía el aliento y que empezaba a gritar.

Acurrucada entre los fuertes brazos de Talos, Eve no habría querido despertarse. Se había apretado contra su pecho desnudo, gozando con la calidez que emanaba de su piel. Se sentía protegida. Segura. Amada. Había muchas cosas sobre él que aún no comprendía, pero, a pesar de todo, volvía a enamorarse de él.

Satisfecha y feliz, se había relajado con los latidos de su corazón. Poco a poco, se fueron haciendo más fuertes, como el sonido de los pesados pasos que resonaban al unísono sobre un suelo de piedra.

De repente, sintió mucho frío. A su alrededor, veía rostros borrosos. Vio claramente el de su madre, llorando. Se aferraba a Eve y lloraba desconsoladamente mientras observaban el ataúd de su padre sobre los hombros de unos hombres. Eve agarró con fuerza las manos de su madre para no perderla a ella también. En apenas una semana, había perdido a su padre, además de su hogar, su fortuna y su reputación. Todo era culpa de ese hombre. Él había destruido a su padre con todas sus mentiras. Los había destruido a todos sin piedad.

Vio que su madre extendía los brazos hacia el ataúd completamente cubierta por un velo negro mientras el ataúd de su amado esposo era bajado a la tierra, como si tuviera la intención de enterrarse también en aquella fría tumba...

—¡No! —gritó Eve—. ¡Por favor!

—¡Eve!

De repente, sintió los fuertes brazos de un hombre a su alrededor. Una voz ansiosa trataba de sacarla de su sopor.

–Despierta, despierta...

Con un grito, Eve abrió los ojos y vio el rostro de Talos.

–¿Qué? ¿De qué se trata?

–Estabas gritando –le dijo él mientras le acariciaba suavemente el rostro–. ¿Estabas soñando?

–Estaba recordando el entierro de mi padre...

Lo apartó de su lado y se puso de pie. Entonces, se dio cuenta de que estaba completamente desnuda. Recordó la noche que habían pasado juntos, lo feliz que había sido durmiendo entre sus brazos...

Respiró profundamente para tranquilizarse y se apartó el cabello del rostro.

–Voy a darme una ducha –dijo–. Sola –añadió, antes de que él pudiera sugerir acompañarla.

–Está bien...

Eve se dio una rápida ducha para tratar de quitar el dolor que aquel sueño le había producido. Se vistió rápidamente con una camiseta de color rosa, una falda blanca y unas sandalias. Mientras se cepillaba el cabello, se miró en el espejo.

Llevaba días tratando de recordar su pasado y en aquel momento... ¿Y si no le gustaba lo que averiguaba?

–¿Tienes hambre? –le preguntó Talos cuando regresó al dormitorio–. ¿Desayunamos?

–De acuerdo –respondió, con cuidado de no tocarlo. Necesitaba salir de allí, donde, tras encontrar la máxima felicidad, se había visto asaltada por el dolor.

Tomaron el ascensor para bajar al vestíbulo. Tomaron el Bentley, pero mantuvieron las distancias en su interior. ¿Cómo habían podido cambiar las cosas tanto entre ellos después de lo ocurrido la noche anterior?

–¿Qué más es lo que no recuerdo? –susurró–. ¿Y si es algo aún peor?

–¿Qué podría ser peor?

–¿Qué le ocurrió a mi padre?

Talos frunció el ceño.

–No sé qué fue lo que le ocurrió a tu padre. Jamás hablamos de tu familia.

–¿Nunca? ¿Durante todo el tiempo que estuvimos juntos?

–No.

–¿Cómo es eso posible?

–No hablamos del pasado.

–¿Nunca?

–No.

–¿De qué hablamos entonces?

–No hablábamos. Tan solo hacíamos el amor.

Eve sintió un escalofrío. ¿Nunca habían hablado de nada? ¿Acaso su relación se basaba solo en el sexo?

El coche se detuvo. En silencio, Talos bajó del coche y abrió la puerta. Al mirar al exterior, Eve vio un restaurante francés muy elegante.

–¿Esta es tu idea de salir a desayunar?

–Era tu restaurante favorito de Atenas.

En el interior, los acompañaron como siempre a la mejor mesa. El elegante restaurante resultaba gélido y frío por el aire acondicionado. Había muchos camareros, pero ningún cliente.

—Veo que este sitio no es muy popular los domingos por la mañana.

—He reservado toda la sala.

—¿Por qué?

—Quería que estuvieras cómoda. ¿Qué quieres tomar?

Con un suspiro, Eve abrió el menú. Estaba escrito en inglés y francés. Una vez más, pensó que el restaurante carecía de personalidad y que resultaba demasiado frío.

Por fin, un camarero se les acercó y anotó lo que iban a tomar. Cuando se marchó, un camarero diferente les llevó las bebidas. Eve tomó un poco de zumo de naranja y luego se apoyó sobre la mesa.

—Está bien, Talos. Dime cuál es la verdadera razón de que estemos aquí.

—El pasado verano, estuve a punto de perder mi negocio —dijo él, mirándola muy fijamente—. Se robó un documento de mi casa que sugería que yo podría estar engañando a mis accionistas y estafándoles una gran cantidad de dinero. Por supuesto, eso no era cierto, pero fue un golpe para mi reputación.

—¡Eso es terrible! ¿Descubriste quién lo hizo?

—Sí.

—¡Espero que lo metieras en la cárcel!

—Ese no es mi estilo —comentó Talos después de tomar un sorbo de café.

—¿Y qué tiene eso que ver conmigo y con este restaurante?

—Este es el último lugar en el que te vi antes de tu accidente, Eve.

Ella frunció el ceño.

—¿Justo antes de que me marchara para el entierro de mi padrastro?

—Te marchaste mucho antes de eso. Casi tres meses antes.

—No lo comprendo...

—¿Reconoces esta mesa?

—No. ¿Acaso debería reconocerla?

—La última vez que te vi, estabas sentada aquí con Jake Skinner. Desayunando con él unas pocas horas después de hacer el amor conmigo.

—¿Qué?

—Kefalas te seguía para protegerte. Aquel día, yo tenía una cita a la que no podía faltar. Él me telefoneó y lo dejé todo. Vine corriendo aquí a pedirte una explicación. Trataste de quitarle importancia.

—Por eso querías que bailara con él... Fue una trampa.

—Quería que recordaras que me habías traicionado.

—¡Eso no es cierto!

—Desapareciste de la ciudad. A la mañana siguiente, me desperté y vi el nombre de mi empresa en todos los periódicos de la ciudad. Mi teléfono comenzó a sonar incesantemente. Eran llamadas de periodistas y de accionistas furiosos.

Skinner le dio ese documento a la prensa, pero quien lo robó de mi casa... fuiste tú.

–¡Yo!

–He estado esperando que lo recordaras todo. Te he llevado a todos los sitios para conseguir que recordaras algo, para que pudieras explicarme por qué.

De repente, ella lo comprendió todo.

–Y no solo eso. Querías castigarme. Llevas queriendo hacerlo desde el día en el que me encontraste en Londres. Querías venganza...

–Justicia.

–Entonces, descubriste que estaba embarazada y eso lo cambió todo, ¿verdad? Decidiste que debías casarte conmigo porque yo estaba esperando un hijo tuyo. Nunca me amaste. Lo único que querías era hacerme daño.

–Me pasé meses tratando de encontrarte antes de que reaparecieras en el entierro de tu padrastro. Eres una mujer rica, Eve, por lo que no me traicionaste por dinero. Debiste hacerlo por amor. Estás enamorada de Jake Skinner. Esa debe de ser la única explicación.

–Yo jamás podría amar a ese hombre –afirmó.

–Entonces, ¿por qué? ¿Por qué lo hiciste?

–No lo sé...

–¿Acaso fue por odio? ¿Ofendí alguna vez a un amigo tuyo? ¿Le hice daño a alguna persona a la que apreciaras? ¿Por qué? ¿Por qué me entregaste tu virginidad para luego traicionarme?

–No lo sé... pero, si hice eso, lo siento.

–¿Y ya está? ¿Admites tu culpa?

–No recuerdo este restaurante. No recuerdo haberte traicionado. Ni siquiera me imagino haciendo algo tan horrible –susurró. Los ojos se le habían llenado de lágrimas–, pero sabía que tenías que tener alguna razón de peso para odiarme. Si tú dices que yo te traicioné, te creo. Debo de haberlo hecho, pero no sé por qué ni te puedo ofrecer excusa alguna. Lo único que puedo hacer es decirte que lo siento. Que lo siento mucho.

Talos la miraba fijamente, sin moverse. Sin decir nada.

–Debes de odiarme –añadió ella, suavemente.

–No. No eres tú a la que odio.

–Entonces, ¿a quién?

–Pensé que te acordarías de Skinner si lo volvías a ver. Estaba seguro de que recordarías que habías estado enamorada de él.

–¿De él? ¡No! Si dices que te traicioné, te creo, pero no por ese hombre. No. ¡Nunca!

Eve vio la sorpresa reflejada en el rostro de Talos. Empezaba a tener dudas.

–¿Cómo puedes estar tan segura?

–¡Es horrible!

–Tal vez no siempre pensaras eso. Has cambiado mucho desde el accidente, Eve.

Ella se mordió los labios y se miró.

–¿Acaso te resultaba más atractiva antes?

Inesperadamente, él extendió la mano sobre la mesa y la colocó encima de la de ella.

–No. Entonces, eras fría y egoísta. Solo estabas pendiente de ti misma. Ahora... ahora eres completamente diferente. Te preocupas por otras personas. Eres cariñosa, amable y sexy. He hecho todo lo posible por no desearte, Eve. He intentado que no me importes, pero he fracasado.

Ella lo miró con los ojos llenos de lágrimas. Respiró profundamente.

–Te amo, Talos –susurró–. Fuera lo que fuera lo que sentí por ti el verano pasado... ahora estoy enamorada de ti.

La mano de él comenzó a temblar sobre la de ella. Comenzó a retirarla, pero ella se lo impidió.

–Y lo siento –añadió. Entonces, se llevó la mano a la mejilla y le dio un beso–. Perdóname...

Sintió que Talos comenzaba a temblar, pero, en vez de apartar la mano, tomó una de las de ella entre las dos suyas. Entonces, se aclaró la garganta y miró a su alrededor.

–Vayamos a desayunar a otro sitio.

Eve lo miró y el corazón se le llenó de alegría. De repente, supo que todo iba a salir bien. Se secó las lágrimas de los ojos y asintió.

Sin soltarle la mano, Talos dejó un montón de billetes encima de la mesa. Entonces, la sacó al exterior.

Comenzaron a andar por la calle, de la mano. Cada vez que cruzaban una calle, él la protegía con su cuerpo. De repente, Eve estuvo segura de que felicidad la estaba esperando a la vuelta de cada esquina.

–Siento haber hecho peligrar tu fortuna –dijo ella. Talos la miró sorprendido.

Entonces, la tomó entre sus brazos con una repentina sonrisa en los labios. Le hacía parecer tan guapo, que la dejaba sin aliento.

–Trataste de arruinarme, pero, al final, la prensa terminó por revelar mi integridad. En estos momentos, mi empresa vale mas que nunca.

–Entonces, en realidad, deberías darme las gracias.

Talos la estrechó contra su cuerpo. De repente, todo quedó en un segundo plano. Los ojos de él se oscurecieron. Comenzó a acariciarle el rostro.

–Gracias...

Mientras bajaba la boca hasta encontrarse con la de ella para besarla profundamente, ella comprendió que lo amaría para siempre...

Nada había cambiado y, sin embargo, nada era igual. Mientras Talos le miraba el hermoso rostro, ella tenía los ojos cerrados y los labios henchidos por sus besos. Cuando él bajó la cabeza para volver a besarla, oyó que su teléfono móvil comenzaba a sonarle en el bolsillo. Lo sacó y lo miró. Al ver que era su asistente, lanzó una maldición. Sin duda lo llamaba sobre el contrato de Sidney.

–Perdona, pero tengo que atender esta llamada.

Eve sonrió y asintió.

–No importa –susurró–. Yo... echaré un vistazo por el mercado hasta que tú hayas terminado –

añadió, señalando el mercadillo junto al que se encontraban.

—Quédate donde Kefalas pueda verte.

—Está bien —dijo, aunque no le gustaba sentirse vigilada por el guardaespaldas.

Talos la observó mientras ella se dirigía al mercado. Era bella y natural. Y lo amaba. Se lo había confesado.

—Xenakis —indicó, tras contestar por fin la llamada.

—Creo que podemos dar el negocio de Sidney por concluido —le anunció su asistente—. La junta acaba de votar a favor de la venta.

—Bien —afirmó, aunque en realidad no estaba prestando mucha atención a lo que su asistente le decía. No dejaba de observar a su hermosa esposa recorriendo el mercado. Parecía tan feliz. Estaba a punto de colgar cuando, de repente, dijo:

—Haz que Mick Barr investigue a la señora Xenakis.

—¿Cómo?

—Haz que averigüe cómo murió su padre para ver si hay alguna razón que lo pudiera relacionar conmigo.

Cuando Talos colgó el teléfono, miró de nuevo a Eve. Había cambiado mucho, y no solo en su apariencia. Su rostro, que antes solía estar pálido, estaba comenzando a broncearse con el sol.

Antes había pensado en utilizar la amnesia en su contra. Jamás se habría imaginado que su inocencia y calidez lo afectarían de esa manera. Se sentía completamente abrumado por su ternura, por su amor...

Se había quedado completamente anonadado por el hecho de que ella aceptara tan fácilmente su culpa por una traición que ni siquiera podía recordar. Había elegido creerlo a él. Confiar en él, cuando lo único que él había hecho había sido mentirle, engañarla y castigarla. Aquello era suficiente para poner a cualquier hombre de rodillas.

Talos comenzó a caminar hacia ella, pero había dado solo unos pasos cuando el teléfono volvió a sonar. Vio que era el número de su detective privado y contestó inmediatamente.

—Qué rapidez.

—Puedo hablarle del padre de su esposa ahora mismo, señor Xenakis —le dijo Barr—. ¿Le suena de algo el nombre de Dalton Hunter?

Talos se quedó completamente paralizado.

—¿Dalton Hunter? —repitió.

—Murió en un accidente de coche cuando ella tenía catorce años. Unos meses después, su madre volvió a casarse con un rico aristócrata británico. Él la adoptó y ella tomó su apellido.

Talos sintió que los latidos del corazón se le aceleraban. ¿Dalton Hunter era el padre de Eve?

—¿Cómo es que nunca se me informó de esto?

—Hace meses que lo sabemos, pero usted nos dijo muy claramente que no quería saber nada de Eve. Solo quería que la encontráramos.

Talos apretó la mandíbula y miró a Eve.

—La madre no vivió mucho tiempo. Murió

unos meses después de mudarse a Inglaterra con la niña. Problemas de corazón.

Talos sabía exactamente cuándo empezaron los problemas de corazón de Bonnie Hunter.

–Bien. Gracias por la información.

Colgó el teléfono. Se miró las manos, que había apretado hasta convertirlas en puños. Llevaba meses pensando que Eve lo había perseguido por dinero o por amor a Jake Skinner. Había pensado que era superficial y fría.

Se había equivocado.

Eve debía de llevar planeando aquello desde que tenía catorce años. Talos pensó de repente en todos los libros que había visto en su dormitorio de adolescente, como el de *Cómo atrapar a un hombre*.

Desde la muerte de su padre, su vida había estado centrada en vengarse del hombre que creía que había destruido a su padre y había arruinado a su familia. Debía de haber estudiado a las modelos y las actrices con las que Talos había salido. Las había imitado. Todo había sido una fachada cuidadosamente construida. Lo había hecho perfectamente, hasta el último detalle, a excepción de una cosa. Al contrario de sus otras mujeres, siempre se había mantenido emocionalmente despegada.

Talos ya sabía por qué. Debía de haberlo odiado tanto...

La observó una vez más y vio que estaba en un puesto, examinando una selección de patucos de bebé.

Seguramente, Dalton le habría contado a su hija que él era inocente. Habría insistido en que él era a quien se había hecho daño. Le habría dicho que Talos se había enfrentado a él para sacar beneficio. Dalton había sido un hombre encantador y manipulador. Así, había conseguido estafarles a sus propios accionistas diez millones de dólares antes de que una fuente interna hubiera alertado a Talos del robo.

¿Le creería Eve si ella le contaba la verdad?

Sí, seguramente le perdonaría. Comenzó a caminar hacia ella y, entonces, se detuvo en seco. Tendría que contarle la verdad sobre unos padres a los que idolatraba, dos personas que ya estaban muertas. Eso le rompería el corazón.

¿Importaría eso? Si recuperaba la memoria, lo odiaría de todos modos. No importaba si le contaba la verdad o no. Después de pasarse una vida amando a su padre, ninguna explicación que pudiera darle podría competir con eso. Justa o injustamente, ella le odiaría por haber destruido sus recuerdos más queridos.

Si ella volvía a recuperar la memoria, Talos la perdería para siempre. Tan sencillo como eso.

Talos cerró los ojos. La última vez que vio a Dalton Hunter, este estaba completamente borracho en un hotel de Nueva York.

—Me has arruinado, canalla —le dijo Dalton—. Yo te lo enseñé todo, te saqué del arroyo y este es tu modo de pagármelo.

—Les estabas robando a tus accionistas —le replicó Talos fríamente. Se alejó de él sin sentir culpabilidad alguna. Sabía que había hecho lo correcto. Dalton Hunter había infringido la ley y tenía lo que se merecía. No se sintió culpable ni siquiera después de que Dalton Hunter cayera al río Hudson con su Mercedes. Había estafado... y no solo a sus accionistas.

Jamás se le había ocurrido pensar en la hija que Dalton dejaba atrás. Jamás se había ocupado de su viuda.

Durante el primer año que Talos pasó en los Estados Unidos, fue a la casa de los Hunter en Massachusetts para celebrar el Día de Acción de Gracias con ellos. Recordaba perfectamente cómo Bonnie besaba a Dalton antes de servir el pavo. Su hija, Evie, era entonces solo una niña regordeta.

Eve había cambiado mucho desde entonces, pero en esos momentos el embarazo había redondeado su figura y él podía ver por primera vez la semejanza con la niña que había sido entonces... Dios mío, era el quien tenía amnesia, aunque, en su caso, por elección.

El escándalo que siguió a la muerte de Dalton debió de terminar con todo el dinero. Bonnie Hunter regresó a Inglaterra. Tras amar a Dalton casi hasta la locura, se casó con John Craig para asegurarse así un futuro para su hija.

No podía ser que hubiera muerto por problemas de corazón. No. Ya nadie moría por un corazón roto.

Miró de nuevo a Eve. Durante diez años, había

moldeado su carácter y había cambiado su aspecto para poder pagarle con la misma moneda. Había asistido al baile benéfico del brazo del mayor rival de él para poder seducirlo y luego darle una puñalada en el corazón.

Nunca en su vida habría podido imaginar que existiera un odio así.

No era de extrañar que hubiera estrellado su coche cuando descubrió que estaba embarazada. No era de extrañar que su traumatizada mente se hubiera quedado en blanco. Había sido por pura supervivencia, como una persona gravemente herida que entra en coma.

La observó mientras ella reía en el puesto con dos pares de patucos en las manos, uno rosa y otro azul. Al verla reír, reconoció perfectamente en ella la niña que había sido. Parecía tan viva, tan inteligente, tan inocente...

Durante todo aquel tiempo, había creído que aquella versión de Eve era una ilusión. Se había equivocado.

Aquélla era la verdadera Eve. La persona que habría sido si hubiera crecido sin penas ni sufrimiento. Aquélla era la mujer en la que se habría convertido si él no se lo hubiera arrebatado todo cuando solo tenía catorce años.

De repente, no pudo respirar. El aire lo ahogaba. Se sintió como si se estuviera asfixiando. Se quitó con fuerza la corbata. Si Eve recuperaba algún día la memoria... No solo lo odiaría, sino también al hijo que llevaba en las entrañas.

En aquel momento, ella se volvió para mirarlo como si hubiera notado el peso de la mirada de Talos. Sonrió inmediatamente y sus ojos mostraron adoración y amor. Era la mujer más deseable que él hubiera conocido nunca. La amante perfecta. La perfecta esposa. La perfecta madre. En aquel momento, Talos tomó una dolorosa decisión.

Se dirigió hacia el mercado y, sin decir palabra, tomó a Eve entre sus brazos y la besó apasionadamente. Ella le devolvió el beso y se echó a reír.

–¿Qué pasa? ¿Ocurre algo?

–Nada.

Efectivamente, pensaba asegurarse de que no volviera a ocurrirle nada nunca más. La estrechó con fuerza contra su cuerpo, como si no tuviera intención de dejarla escapar y le dio un beso en el cabello. No podía perderla. No podría soportarlo. Sabía que no se la merecía, pero no podía dejar que volviera a ser la persona que había sido antes de perder la memoria, una mujer amargada que centraba su existencia en la búsqueda de venganza.

Por primera vez en su vida, a Talos no le importó la justicia, sino que rezó para pedir piedad.

¿Adónde podía llevarla? ¿Dónde podría estar segura, lejos de todo lo que pudiera recordarle la verdad? ¿A qué lugar podía llevarla para que ningún recuerdo pudiera asaltarla nunca?

La sacó del mercado.

118

–¿Adónde vamos?
–A casa –dijo él, de repente–. Te llevo a casa.
–¿Al ático?
–No. A Mithridos. A mi isla.
Para salvar a su familia, para salvarlos a todos, Talos tenía que rezar, y esperar, que ella nunca recordara nada.

Capítulo 10

LA Luz del sol resultaba brillante, casi cegadora, contra la palaciega villa de blancas paredes. Mientras observaba el cielo y el mar, a Eve le pareció que jamás había visto tantas tonalidades de azul. Se estiró en la hamaca que había junto a la piscina y decidió que el cielo parecía unirse al mar. Dejó a un lado su libro sobre embarazos y observó cómo el Egeo lamía la blanca arena de la playa.

Solo llevaban allí unas pocas horas, pero ella ya se había puesto un bikini de color amarillo y una hermosa túnica de color rosa. Afortunadamente, tenía en su armario ya gran cantidad de prendas cómodas y atractivas. Cerró los ojos y gozó con la calidez que los rayos del sol le transmitían a la piel.

Además, ella no era la única a la que parecía gustarle. De repente, abrió los ojos de par en par y contuvo la respiración. Se colocó las manos sobre el vientre, justo por encima de la braguita del bikini.

¿Acababa de sentir... ¿ ¿Había sido eso...?

—Buenos días, *koukla mu*...

Miró hacia atrás y vio que Talos estaba en la terraza. Solo llevaba un bañador y tenía una bandeja con dos vasos de agua con gas y dos platos de sándwiches y fruta. Ella le sonrió, aunque no tenía demasiada hambre.

Al menos, no de comida.

Centró la atención en su musculoso torso, sus fuertes brazos y sus potentes piernas cubiertas de vello oscuro… No comprendía del todo la razón por la que, con tanta urgencia, se habían trasladado hasta allí desde Atenas, pero se había mostrado tan cariñoso y tan encantador, que le había resultado imposible negarse a su deseo por llevarla a casa.

Desde que llegaron a la isla aquella mañana, se había tomado muchas molestias para que se sintiera allí como en su casa. Eve no podía creer que fuera la dueña de aquella isla, que estaba frente a las costas de Turquía y a la que se podía acceder solo en barco o helicóptero. Los muchos criados que se ocupaban de la enorme villa resultaban casi invisibles.

Su marido bajó con la bandeja y le dio un dulce beso en la mejilla.

—¿Te gusta?

—Es como un sueño, Talos. Un cuento de hadas. Me encanta.

—Bien —dijo él mientras se sentaba en la hamaca que había al lado de la de Eve—. Quiero que seas feliz. Quiero que críes a nuestros hijos aquí.

—¿Hijos? ¿Cuántos hijos?

–¿Dos?

–¿Seis? –bromeó ella.

–Creo que podremos alcanzar un acuerdo. Tres.

–Está bien. Soy tan feliz aquí, que creo que no querré marcharme nunca.

–Así será.

–Bueno, ¿qué es lo que tienes en mente? ¿Una luna de miel que no acabe nunca?

Talos se inclinó para besarla tierna y dulcemente en los labios.

–Exactamente.

Se levantó de nuevo y se dirigió a la mesa con la bandeja. Colocó los platos e hizo lo mismo con cubiertos y servilletas. Entonces, se llevó las dos copas de agua mineral a las hamacas y le entregó una a Eve.

Luego, levantó la suya.

–Por la mujer más hermosa del mundo.

Eve se sonrojó y golpeó suavemente la copa contra la de él.

–Por el hombre más maravilloso del mundo. Gracias por decirme la verdad. Gracias por perdonarme. Gracias por dejarlo todo atrás y por traerme a casa.

Talos frunció el ceño y apartó la mirada. Entonces, echó la cabeza hacia atrás y se bebió el agua de un trago. Eve dio un sorbo y, entonces, se incorporó de un salto sobre la hamaca. Inmediatamente, se puso las manos sobre el vientre.

–¡Creo que acabo de sentir cómo se movía el bebé!

–¿Sí? –preguntó él. Entonces, le colocó las manos sobre el vientre, por encima de la transparente bata rosa–. No siento nada.

–Tal vez me haya equivocado. Soy nueva en esto... –dijo. Entonces, volvió a sentir algo parecido a las burbujas de champán en el vientre–. ¿Has sentido eso?

–No.

Se quitó la túnica y se colocó las manos de Talos contra la piel desnuda. Entonces, observó cómo el se concentraba, conteniendo hasta la respiración como si no hubiera nada más importante para él en todo el mundo que sentir cómo su hijo se movía dentro de ella.

Eve recorrió el hermoso rostro de Talos con la mirada. Le parecía imposible que hubiera ninguna mujer más afortunada que ella en el amor.

«Sin embargo, aún no te ha dicho que te quiere».

Decidió que no necesitaba escuchar esas palabras. Los actos de Talos demostraban lo mucho que ella le importaba. Las palabras se las lleva el viento. Podría vivir sin ellas.

–Sigo sin sentir nada...

–Lo sentirás, aunque creo que podría tardar un poco. El libro que estaba leyendo dice que podría pasar otro mes antes de que se le pueda sentir desde el exterior, pero me gusta que te preocupes por nuestro hijo tanto. Yo te...

«Te quiero». Estuvo a punto de pronunciar aquellas palabras, pero no lo hizo. No cuando él no se las había dicho a ella.

–Creo que me apetecería comer algo.

–Tus deseos son órdenes para mí –replicó él.

Se pasaron el día en la playa, paseando por la arena y descansando. Talos la miraba constantemente y la besaba. Sus labios eran tan suaves y sus besos tan apasionados, que se sentía completamente viva.

Contuvo el aliento y lo miró. La bronceada piel del musculoso torso de Talos relucía con el agua del mar.

–No dejes nunca de besarme...

Sin previo aviso, él la tomó en brazos y la levantó contra su torso desnudo.

–Tengo intención de pasarme el resto de mi vida besándote.

Regresaron así a la casa. Talos subió las escaleras de dos en dos como si ella no pesara nada y la llevó a su dormitorio. Eve temblaba tanto de deseo, que ni siquiera consiguieron llegar a la cama. Al pasar frente a las puertas del balcón, con su maravillosa vista del Egeo, Talos la besó. Ella se giró hacia su cuerpo y le rodeó la cintura con las piernas. El beso se intensificó.

Él la empujó contra la puerta corredera y le quitó la braguita del bikini. Ella hizo lo mismo con el bañador que él llevaba. Se besaron frenéticamente, acariciándose por todas partes. Al besarle la piel, Eve notó el aroma a sal y a mar.

Talos lanzó un gruñido y la hizo tumbarse sobre la alfombra. La brisa del mar les refrescaba la piel. Él comenzó a besarle el valle que tenía entre los

senos y siguió bajando hasta llegar a la húmeda fe-
minidad. Eve gimió de placer cuando Talos le separó las piernas y comenzó a estimularla con la
lengua hasta que ella creyó que iba a volverse loca.

Con cada lametazo, ella se tensaba más y más,
hasta que se sintió abrumada por su propio deseo.
Sintió que Talos le hundía la lengua y movió frenéticamente las caderas sabiendo que estaba a
punto de explotar.

–No –susurró, apartándolo de sí–. Dentro de
mí...

Talos no necesitó más invitación. Se tumbó sobre el suelo y la levantó sobre él para hacer luego
que se sentara. Durante un instante, ella no pudo
moverse, dado que él la llenaba plenamente.

Entonces, él volvió a levantarla con sus fuertes
brazos y le dijo:

–Móntame...

Eve obedeció. Gimió de gozo mientras se movía encima de él, controlando el ritmo. Lo sujetaba con fuerza en su interior, dejando que sus cuer-
pos se unieran como si fueran uno solo. Los dos
estaban sin aliento, cubiertos de sudor y jadeando.
Con un último movimiento, ella explotó por fin.

–Te amo –gritó–. ¡Te amo!

–Te amo...

Talos miró a Eve cuando ella pronunció las palabras. Se sintió tan profundamente unido a ella
que ya no podía negarlo.

«Te amo».

Hacer el amor con ella en Atenas había sido explosivo, pero aquello era mucho más. Comprendió por qué aquello no se parecía en nada a lo que había experimentado antes. Por qué el placer había sido tan intenso. Al escuchar cómo ella pronunciaba aquellas dos palabras, no pudo contenerse más y se vertió en ella con un grito. Entonces, entendió que estaba enamorado de ella.

Miró a su hermosa esposa y comprendió que la amaba. Ella le había devuelto a la vida. Le había hecho sentir cosas y verlo todo bajo una luz diferente.

La amaba. Sabía que se moriría si la perdía. Rezó para que pudieran permanecer así siempre, ocultos al mundo, sin temer que ella pudiera recordar.

De repente, ella gritó de un modo que no tenía nada que ver con el placer. Se cubrió el rostro y se apartó de él.

—¡Eve! —exclamó él. Se incorporó y la tomó entre sus brazos. Entonces, vio que ella tenía el rostro lleno de lágrimas.

—Acabo de recordar algo más —gimió.

—¿El qué? —preguntó él, completamente aterrorizado.

—Recuerdo haber robado los papeles de tu caja fuerte. Se los di a Jake Skinner, tal y como tu dijiste. Entonces, salí huyendo de Atenas y no dejé de correr nunca. No quería que me encontraras. Te odiaba... ¿Por qué? ¿Por qué te odiaba tanto?

Talos sintió que se le hacía un nudo en la garganta. La miró fijamente, pero sin poder hablar.

–Dime por qué te odiaba.

–Yo... No lo sé –mintió. Deseaba proteger a su esposa.

Eve se cubrió el rostro y se apartó de él.

–No importa –dijo él tomándola entre sus brazos una vez más–. El pasado no importa. Ya no. Lo único que importa es el futuro. Nuestro hijo.

Eve lo miró fijamente.

–¿Me amas, Talos? –susurró ella.

Él no había esperado aquella pregunta. Se preparó para decirle que sí, que claro que la amaba, pero no pudo pronunciar las palabras. Nunca antes se las había dicho a nadie.

«Te amo y me aterra poder perderte».

Cuando él no respondió, Eve contuvo el aliento. Talos vio la tristeza reflejada en el rostro de su esposa y supo que le había hecho daño en el momento en el que ella más apoyo necesitaba.

–Eve... –susurró. Se inclinó para besarla, pero se detuvo.

Había pensado que llevándola a Mithridos, a un lugar que ella no había visto antes, podría protegerla de sus recuerdos.

Decidió que no habían sido las vistas de Venecia o de Atenas lo que le habían hecho recordar. Había recordado lo primero después de que él la besara en el puente Rialto. Inmediatamente después de hacerle el amor en Atenas, Eve había recordado detalles de la muerte de su padre. Y en aquel momento, después de hacer el amor por segunda vez, había recordado que lo odiaba.

Aquella noche, ella se quedó dormida llorando. Talos no sabía qué hacer. Quería hacerle el amor. Quería decirle la verdad. No podía hacer ninguna de las dos cosas.

Cuando por fin Eve se quedó dormida, Talos ya no pudo resistirlo. Se levantó de la cama y se acercó a la terraza para mirar el mar. Observó cómo la luna llena se reflejaba plenamente sobre las aguas del Egeo.

Había creído que allí podría mantenerla a salvo del mundo.

Se había equivocado.

Si quería salvar a su familia, no podría volverle a hacer el amor a su esposa. Ni siquiera podría besarla porque, si lo hacía, ella lo recordaría todo y la perdería.

El dolor se apoderó de él. Observó por última vez el cuerpo desnudo de su esposa. Gozó con su dulce belleza a pesar de que su alma sufría por las lágrimas que se le habían secado sobre el rostro. Observó cómo la luz rosada del amanecer se deslizaba lentamente sobre las paredes del dormitorio.

Entonces, con las manos apretadas en puños, se marchó y la dejó dormir a solas.

Capítulo 11

¿CÓMO era posible que todo se hubiera estropeado de aquella manera?

Un mes después, Eve aún no podía comprenderlo. Vivía en una maravillosa casa en Grecia y tenía una isla privada. Estaba casada con el hombre más guapo sobre la faz de la tierra y estaba esperando un hijo suyo. Era feliz, se encontraba sana y vivía en medio de un lujo maravilloso bajo la luz del sol del mar Egeo y con un ejército de criados que atendían todos sus deseos.

Sin embargo, no era feliz. Talos llevaba un mes sin tocarla. Estaba sola en su matrimonio. Sola en la vida.

Nunca antes se había sentido tan triste. Aunque vivían en la misma casa, llevaban vidas separadas. Talos trabajaba por las noches en su despacho e iba a la cama solo cuando ella ya estaba dormida o, peor aún, dormía en el sofá de su despacho. Eve se pasaba los días decorando la habitación del bebé, organizando la casa y tomando el helicóptero para ir a la cercana isla de Kos para que la viera el médico.

Había hecho todo lo que se le había ocurrido

para recuperar el interés de Talos. Se vestía con ropa bonita, había aprendido a cocinar sus platos favoritos, leía periódicos para aprender cosas sobre los temas que a él le interesaban...

Todo en vano.

El problema era que a él ya no le interesaba.

Desde el primer día en la isla, cuando hicieron el amor tan apasionadamente sobre el suelo, él no había vuelto a tocarla. Ni siquiera la abrazaba ni la besaba. De hecho, se podía decir que, prácticamente, no la miraba.

Después de un mes de sentirse abandonada y evitada, Eve se sentía completamente descorazonada. Le había preguntado a Talos en varias ocasiones por qué la ignoraba y si ella había hecho algo que lo enojara. No había obtenido respuesta alguna.

Tenía miedo de volver a preguntarle porque no se podía apartar más de ella a no ser que, físicamente, decidiera abandonar la isla. Al menos seguía en la casa. Sin embargo, ¿cómo iban a poder arreglar lo que hubiera ocurrido si no hablaban? ¿Cuando él ni siquiera la tocaba? Eve se sentía completamente desesperada.

—Buenos días, señora Xenakis.

Eve se sobresaltó al oír la voz del ama de llaves.

—Buenos días.

La mujer colocó una bandeja de fruta, huevos, tostadas y una tetera de poleo menta sobre la mesa de piedra y dijo:

—Que disfrute del desayuno.

Eve recordó de repente el almuerzo que había compartido con Talos allí en la terraza en el primer día de su estancia en la isla. ¿Qué era lo que había hecho mal? ¿Qué tenía que recordar?

—¿Dónde está el señor Xenakis?

—Creo que está en su despacho, señora. ¿Quiere que le envíe un mensaje?

¿Otro mensaje que pudiera ignorar? Eve negó con la cabeza. Miró al mar y respiró profundamente. Casi temía lo que pudiera recordar. ¿Qué otra cosa podría ser peor aún?

Talos no se lo decía, pero su silencio durante aquel mes resultaba muy elocuente. Ella tenía que haber hecho algo. Algo que él no podía perdonar.

¡Tenía que acordarse! Si no lo hacía, temía que lo perdería para siempre y con él su posibilidad de tener una familia, antes incluso de que el bebé naciera.

—¿Hay otro ordenador en la casa aparte del señor que tenga conexión a Internet? No querría molestar a mi esposo.

—Hay uno en mi habitación, señora. Puede utilizarlo cuando quiera.

—Gracias —dijo Eve aliviada. Tomó su plato y se puso de pie—. ¿Le importa si lo utilizo ahora?

Diez minutos más tarde, estaba en el dormitorio del ama de llaves, comiéndose una manzana frente a la pantalla del ordenador. Eve ni siquiera había empezado su búsqueda cuando oyó una voz airada a sus espaldas.

–¿Qué diablos te crees que estás haciendo?

Asombrada, Eve se dio la vuelta y vio que, efectivamente, se trataba de Talos.

–Hola –dijo, tratando de comportarse despreocupadamente a pesar de que el corazón le latía con fuerza en el pecho. Estaba más guapo que nunca con una camiseta negra y unos vaqueros–. Me alegro de verte.

–La señora Papadakis me ha dicho que estabas aquí –le respondió él–. No has respondido a mi pregunta. ¿Qué estás haciendo?

–Dado que sigo sin recuperar la memoria, pensé que podría intentar descubrir algo buscando mi nombre en la red para ver si puedo averiguar...

–No me gusta que vengas aquí...

–No quería molestarte en tu despacho. El ama de llaves me ha permitido utilizar su ordenador. ¿Es que acaso no puedo tener libertad de movimientos en mi propia casa?

Eve se giró para centrarse de nuevo en la pantalla del ordenador, pero él se lo impidió agarrándola por el hombro.

–No lo hagas.

–¿Por qué?

–Deberías estar descansando y no tratando de encontrar un pasado que no importa. Deberías estar decorando la habitación del bebé, centrándote en nuestro futuro junto y cuidándote por el bien del bebé.

–¿De verdad? Si tú mostraras el más mínimo interés en mí o en el bebé, sabrías que ya he terminado la habitación. Lo hice hace una semana,

pero no tienes ningún interés. Llevas un mes evi-
tándome, como hiciste después de que nos casára-
mos. Y, dado que tú no hablas conmigo, esta es
mi única opción de averiguar por qué –añadió, señalando el ordenador.

–No importa. ¡Déjalo estar!

–No puedo, y menos aún cuando tú no me hablas, cuando no me tocas, ¡cuando ni siquiera me
miras!

–Te he dado todo lo que una mujer podría desear. ¿Acaso no te basta?

–Sí. Vivo en una hermosa casa y estoy esperando un niño, pero tú no estás a mi lado. ¿Por
qué no puedes decirme la razón?

Talos abrió la boca para hablar, pero no dijo
nada.

–Te estás disgustando por nada –dijo él, después de un instante–. Yo tengo mucho trabajo.
Solo es eso.

–¿No será que ya no me encuentras atractiva?
¿O acaso es que hay otra mujer? –le espetó, atenazada por el miedo.

–¿Es eso lo que crees? –le preguntó–. ¿Crees
que te traicionaría de ese modo?

–¿Y qué otra cosa se supone que tengo que
pensar cuando tú...?

–Tú eres la única mujer a la que deseo. ¡La
única mujer a la que desearé nunca!

–Entonces, ¿por qué? ¡No lo comprendo!

–Este último mes ha estado a punto de acabar
conmigo. Cada día que pasa es peor que el ante-

rior. Verte delante de mí sabiendo que no puedo tenerte... ¡Es como caer al infierno una y otra vez!

–Pero si yo estoy aquí –susurró ella sin comprender–. ¿Por qué no quieres tocarme?

–Si lo hago, sé que te perderé.

Esas palabras tenían tan poco sentido, que Eve no pudo evitar echarse a llorar.

–Por favor, Talos. Te necesito...

Sus miradas se cruzaron. Entonces, Talos lanzó una maldición y se rindió. La tomó en brazos y la besó, murmurando palabras en griego. La abrazó tierna y apasionadamente a la vez, en un gesto lleno de anhelo y de arrepentimiento mientras la besaba.

–Eve... Oh, Eve... no puedo apartarte de mí –susurró. Entonces, la miró a los ojos–. Sea lo que sea lo que esto me va a costar, sea lo que sea lo que ocurre, no puedo seguir haciéndote daño.

Talos llevaba presa de la angustia un mes.

Deseando a Eve, pero sin poder tenerla.

Amándola, pero sin poder decírselo.

Si solo hubiera sido él quien sufriera, habría podido soportarlo toda una vida, pero ver el dolor reflejado en el rostro de Eve le había hecho cambiar de opinión.

El miedo se había apoderado de él al verla delante del ordenador, donde sabía que terminaría descubriéndolo todo. Las lágrimas que ella derramó suplicaban lo que, por derecho, le pertenecía: el amor y la atención de su esposo.

Ya no había lugar alguno en el que pudieran esconderse. Ya no podía protegerla cuando, por intentarlo, le hacía tanto daño.

No pudo soportarlo más.

La tomó en brazos y la condujo al dormitorio. La depositó tiernamente sobre la cama, la cama que deberían haber compartido durante aquel último mes. Ella lo miró. Los ojos le brillaban llenos de lágrimas. Vio que Eve levantaba temblorosamente una mano para acariciarle la barbilla...

Cerró los ojos. Había deseado tan desesperadamente aquel contacto... Durante las últimas cuatro semanas, había tenido que anestesiarse, con ejercicio físico, con alcohol, con su trabajo principalmente, para tratar de superar el deseo constante que sentía hacia su esposa.

Después de tanto esperar, ocurriera lo que ocurriera, ya no podía seguir alejado de ella. Ya no podía resistirse a ella. La deseaba. La necesitaba. La amaba.

Le quitó el inocente vestido rosa y, tras quitarse él mismo la camiseta y los pantalones, los tiró al suelo. Entonces, bebió ávidamente con la mirada la visión que Eve le proporcionaba en braguita y sujetador.

La miró a los ojos y, por fin, pronunció las palabras que llevaba desde hacía tanto tiempo en su corazón.

–Te amo, Eve.

Ella contuvo el aliento. Quería creer lo que acababa de escuchar. Necesitaba creer.

Entonces, él la besó.

Los labios de Eve lo abrasaron por completo. La amaba con cada latido de su corazón. Lo único que quería hacer era pasarse el resto de su vida amándola, besándola.

Ella se movió debajo de él sobre la blanca colcha que había en la cama. Talos le tocó la piel bronceada después de tantos días al sol y la adoró con las manos y con la boca. La deseaba tanto...

—Me amas —repitió ella—. ¿De verdad me amas?

—Tanto... Mi corazón será tuyo para siempre.

Talos le besó la frente, los párpados y la boca. Con un gruñido, le acarició el cuerpo, apretándose contra sus muslos. Cuando por fin la penetró, estuvo a punto de gritar por el enorme placer que experimentó. Se movió lentamente, dentro de ella, saboreando cada segundo, cada centímetro de posesión, aunque, en realidad, no sabía si él la estaba poseyendo a él o, más bien, era a la inversa.

—Te amo —susurró él.

Vio el gozo del placer escrito en los ojos de Eve y se quedó atónito al saborear de repente la sal de las lágrimas, las suyas.

La abrazó tiernamente, moviéndose profunda y lentamente en el cuerpo de su amada hasta que sintió que ella se tensaba. Hasta que sintió que se convulsionaba.

Ocurriera lo que ocurriera, sabía que no podía evitarlo. Ocurriera lo que ocurriera, rezó para que él pudiera amarla durante toda la vida.

Cerró los ojos y se hundió en ella una última

vez. Sintió que Eve alcanzaba el clímax y oyó cómo gemía de placer.

–Te amo –gritó él, justo antes de verterse en ella con un grito de pura felicidad.

Al caer de nuevo sobre la cama, la agarró con fuerza. Eve era su amor, su vida. Le besó la sien y le acarició suavemente el sudoroso rostro. Rezó para que, de algún modo, pudieran ser felices.

Durante un instante, pensó que podrían serlo. Entonces, sintió que ella se tensaba entre sus brazos. Notó que las manos de Eve lo empujaban para que se apartara.

–¡Apártate de mí! –exclamó. Se bajó de la cama y se puso de pie–. ¡Dios mío!

Talos miró a su esposa, a la mujer que tan dulcemente había estado acariciando momentos antes. Por el gesto de enojo que había en su rostro, supo que la peor de sus pesadillas se había hecho realidad.

Eve ya no tenía amnesia.

Ella estaba desnuda, frente a él. Temblaba de pura ira. Los ojos azules lo miraban con tanta ira, que Talos se sorprendió de no morir al instante por el profundo odio que había en aquella mirada.

La belleza perfecta de Eve era en aquellos momentos completamente inalcanzable para él. Acababa de perder a la mujer a la que amaba. La había perdido para siempre.

Cuando Talos le dijo que la amaba, Eve pensó que se iba a morir de alegría.

Después de tantos meses deseando escuchar esas palabras, por fin había sentido cómo su marido la abrazaba y le decía lo que tanto deseaba escuchar. Había comprendido que una felicidad que ella no había conocido hasta entonces era posible en la vida mortal. Después, él le hizo el amor tan tiernamente, con tan intensa pasión, que pensó que se encontraba en el cielo.

De repente, él la soltó y comenzó a caer al suelo sin que nadie pudiera evitarlo.

Se golpeó contra la tierra sin paracaídas. Su cuerpo y su alma se rompieron en mil pedazos.

–Te acuerdas...

–De todo –confirmó ella.

Tras darse cuenta de que estaba completamente desnuda, tomó una bata de seda que tenía colgada de la puerta del cuarto de baño y, tras ponérsela y atársela, se secó las lágrimas de los ojos antes de volver frente a Talos.

–¿Era esto una especie de broma pesada para ti? ¿Destruiste a mi familia y luego me encerraste en esta isla como una especie de patética esclava para tu disfrute sexual?

–¡No! ¡No fue así! –exclamó Talos. Se levantó de la cama y la agarró por los hombros para poder mirarla mejor a los ojos–. ¡Sabes que no fue así!

Contra su voluntad, Eve comenzó a recordar todo lo ocurrido en las últimas semanas juntos, desde que se encontraron en Londres. Con furia, apartó todos los recuerdos. No quería pensar en nada. No podía hacerlo.

Una profunda tristeza se apoderó de ella. Tan solo unos instantes antes, entre los brazos de su esposo, había experimentado la verdadera felicidad. Se había sentido loca de alegría por el hecho de que él la amara. Por fin conseguía ocupar su lugar en el mundo, entre los brazos de Talos. Como su esposa. Como la madre de su hijo.

Sin embargo, en aquel instante, se sentía más perdida de lo que nunca había estado. Era peor aún que cuando cumplió los catorce años y perdió a su padre. Cuando lo perdió todo, incluso a su madre tan solo unos meses después.

Por él.

Se había pasado once años maquinando para poder vengarse. Para hacer todo lo que pudiera por destruirlo antes de que él pudiera hacerle a alguien el mismo daño que le había hecho a ella.

Desgraciadamente, lo único que había conseguido era traicionar la memoria de su familia. Había fallado a todos a los que amaba.

Siempre se había prometido que sería mejor hija para John Craig cuando hubiera llevado a cabo su venganza. Entonces, en Estambul, mientras se escondía de Talos, se quedó atónita al enterarse de que su padrastro había muerto. John Craig había fallecido sin saber lo mucho que ella lo quería.

Ya era demasiado tarde. Tragó saliva y contuvo las lágrimas. Era una pena que no hubiera estado conduciendo más rápido cuando las manos se le resbalaron sobre el volante y perdió el control de su Aston Martin. Era una pena que no se hubiera chocado contra un tren en marcha en vez de con un inocente buzón de correos.

Había desperdiciado once años de su vida para nada.

Talos había conseguido mantener su empresa a pesar de los documentos que ella le había robado. Además, la había engañado para que se casara con él y, lo peor de todo, estaba embarazada de su hijo.

La victoria de su enemigo había sido completa.

—No me lo puedo creer —susurró—. De todos los hombres que hay en el mundo, tenía que quedarme embarazada del que más odio. El único hombre al que juré destruir.

—Eve, por favor...

—¡No! —exclamó, apartándose de él—. ¡No me toques!

Con eso, se dirigió hacia la puerta. Se sentía desesperada por poder salir del dormitorio, lejos de las suaves sábanas que aún seguían calientes por la pasión que ambos habían compartido, lejos del aroma de Talos. Lejos de la inocente y explosiva alegría que había experimentado unos instantes antes.

—No te culpo —susurró él a sus espaldas. Estas palabras la obligaron a detenerse—. Cuando descubrí que eras la hija de Dalton, ya sabía que me había enamorado de ti. Por eso te traje aquí a la isla. Pensaba que si te mantenía a salvo, alejada del mundo, no recordarías. Recé para que no lo hicieras nunca.

Eve se dio la vuelta para mirarlo.

–¿Para castigarme? –le preguntó. Sentía ganas de gritar–. ¿Para reclamar tu victoria?

–Para ser tu esposo –admitió él–. Para amarte durante el resto de mi vida

Eve decidió que no permitiría que las tiernas palabras de Talos volvieran a engañarla. Se secó las lágrimas y levantó la barbilla.

–No me hables de amor –le espetó con furia–. Mi padre te lo dio todo y tú lo arruinaste sin piedad. Por tu propio beneficio.

–¡Eso no es cierto!

–Jamás dijiste quién fue tu fuente. ¿De quién se trataba?

–Di mi palabra de no revelar nunca su nombre –dijo.

–¡Porque falsificaste tú mismo esos documentos! –rugió Eve–. Mi padre debería haberte dejado tirado en las callejuelas de Atenas para que murieras allí. Y eso es lo que yo voy a hacer ahora. Te dejo.

Talos la agarró por los hombros presa de la desesperación.

–Te aseguro que era culpable, Eve. Me imagino las mentiras que te contaría tu padre, pero era culpable. Les robó diez millones de dólares a sus accionistas. Cuando lo descubrí, no me quedó elección. ¡Esas personas merecían justicia!

–¡Justicia, dices! –exclamó. Entonces, le abofeteó el rostro–. Mi padre se merecía tu lealtad –gritó–. En vez de eso, tú lo traicionaste. ¡Mentiste!

–¡No!

–Después de que tú lo arruinaras, se emborrachó por completo y se estrelló con el coche. La muerte de mi madre fue más lenta. Ella regresó a Inglaterra para casarse y asegurarse así de que yo estaría atendida. Sin embargo, a los pocos meses de casarse con mi padrastro, ella se fue a la cama con un frasco lleno de pastillas...

Talos la soltó y la miró completamente atónito.

–Había oído que murió por un problema de corazón.

Eve soltó una carcajada.

–Problemas de corazón, dices... Mi padrastro la amaba y no estaba dispuesto a dejar que nadie hablara mal de ella ni sobre la manera en que murió. El doctor Bartlett y él elaboraron esa pequeña mentira para la prensa. Solo tenía treinta y cinco años... Sin embargo, tienes razón. Efectivamente, murió con el corazón roto. Por tu culpa.

–Eve, lo siento. Hice lo que creía que era lo más acertado. Perdóname...

–Jamás te perdonaré. No quiero volver a verte nunca más.

–Eres mi esposa.

–Pediré el divorcio en cuanto regrese a Londres.

–¡Estás esperando un hijo mío!

–Lo criaré yo sola.

–¡No puedes apartarme así de mi hijo!

–Mi hijo estará mejor sin padre que con un canalla traicionero y mentiroso como progenitor –le espetó con los ojos llenos de lágrimas–. ¿Acaso crees que podría confiar en ti? ¿Crees que podría perdonarme si lo hiciera?

–Tu padre fue el único que traicionó e hizo daño a tu familia.

–No tienes pruebas de eso. El único canalla eres tú. ¡Dijiste que me amabas!

–¡Claro que te amo!

–En ese caso, no sabes lo que significa el amor.

–Ahora sí que lo sé –susurró. Extendió la mano y consiguió acariciarle suavemente la mejilla–. Cuando perdiste la memoria, recuperaste tu inocencia perdida y tu fe. De algún modo, me hiciste encontrar la mía. Simplemente te pido que me des la oportunidad de amarte. Ponme a prueba como te venga en gana. Deja que te demuestre mi amor.

Eve creyó ver que Talos estaba llorando. ¿Talos Xenakis llorando?

Imposible. Aquél no era más que otro de sus crueles y egoístas juegos. Pensó en cómo la había engañado para que se casara con él con amabilidad y buenas palabras para castigarla cuando ya estuvieron casados. Se cruzó de brazos.

–Muy bien. Te dejaré que me demuestres que me amas. Renuncia a tu hijo y no te pongas en contacto con nosotros nunca más.

–No me hagas hacer eso, Eve... Cualquier cosa menos eso...

–Si no lo haces, está claro que no me amas –dijo ella con satisfacción. Entonces, se dispuso a marcharse.

Sin previo aviso, él la agarró y la tomó entre sus brazos. Entonces, la besó. Aquel beso llevaba la promesa de un amor que podría durar para siempre.

Eve se echó a temblar. Entonces, a pesar de todo, el corazón se le cubrió de una gruesa cortina de hielo. Con fuerza, lo apartó de su lado.

—No vuelvas a tocarme.

Talos, que seguía desnudó, la miró fijamente. Cuando por fin habló, lo hizo con un voz profunda, gutural.

—Haré lo que me pides —anunció—. Me mantendré alejado de ti y de tu hijo, pero solo hasta que tenga pruebas de que tu padre mintió. Cuando tenga algo que tú no puedas negar, regresaré y tú te verás obligada a admitir la verdad.

—En ese caso, quedó completamente satisfecha porque jamás encontrarás esa prueba —dijo ella—. Te doy las gracias. Acabas de darme tu palabra de honor de que permanecerás alejado de mi hijo y de mí para siempre.

Capítulo 12

CINCO meses después, Eve estaba de pie junto a la tumba de su madre. Estaban a primeros de marzo, pero la primavera parecía querer dar ya sus primeros pasos en Buckinghamshire. Los sauces llorones que había junto al lago estaban verdes y daban la primera pincelada de color de la nueva estación sobre el cementerio de la vieja iglesia.

Eve tenía calor con su abrigo de plumas blanco y sus botas de goma. Había cruzado su finca para llegar hasta allí. No es que la casa estuviera muy lejos, pero como estaba embarazada de nueve meses, cada movimiento le suponía un gran esfuerzo. Incluso llevarle unas flores a la tumba de su madre. Su bebé iba a nacer muy pronto.

Su pobre hijo sin padre.

Había sido un invierno muy largo y solitario. Durante los cinco meses que habían pasado desde que se marchó de Grecia, había tratado de olvidarse de Talos, fingir que el padre de su hijo era un producto de su imaginación. Un mal sueño de hacía ya mucho tiempo. Sin embargo, muchas noches se despertaba cubierta de sudor, llamando a gritos a Talos.

Había tratado de consolarse intentando llevar la vida que llevaba antes. Salía mucho con sus amigos y se iba a Nueva York a comprarse ropa. Pero solo había conseguido deprimirse más. Las personas con las que salía en realidad no eran sus amigos. No lo habían sido nunca. Vio que había escogido deliberadamente personas sin mucha personalidad para poder mantenerlas a distancia. No quería que nadie la conociera de verdad.

A pesar de que había recuperado la memoria, no tenía nada. Ya no era la misma mujer de antes ni la muchacha inocente e ingenua que había sido cuando no recordaba nada.

Cerró los ojos y deseó volver a ser la persona alegre y cariñosa que había sido antes. La que estaba con Talos. Echaba de menos amarlo. Incluso echaba de menos odiarlo.

Sin embargo, todo eso había quedado atrás.

Los ojos se le llenaron de lágrimas.

–Lo siento –susurró, tras colocar la mano sobre la lápida de su madre–. No pude destruirlo como había pensado.

Se arrodilló y limpió la tierra del ángel de piedra antes de colocar las flores sobre la lápida.

–Voy a tener un hijo suyo en cualquier momento. Y yo le obligué a prometerme que se mantendría alejado de nosotros. Creo que jamás pensé que cumpliría a rajatabla su palabra. Tal vez no sea el mentiroso que yo creía.

Se limpió las lágrimas que el viento le estaba secando contra el rostro.

—¿Qué debería hacer?

Solo se escuchaba el silbido del viento entre los árboles. Eve leyó la inscripción de la lápida.

«Amada esposa», decía. Miró la de su padrastro, que estaba al lado. «Querido esposo».

Su padrastro había estado enamorado de Bonnie desde que los dos eran niños. Entonces, ella conoció a un guapo yanqui en Boston que le arrebató el corazón. Sin embargo, John nunca dejó de amarla, tanto que la aceptó encantado cuando ella quedó viuda. Incluso llegó a adoptar a su hija como si fuera suya.

Sin embargo, su madre no había dejado nunca de amar a Dalton, pero este nunca la había querido a ella con la misma devoción. ¿Eran iguales todas las historias de amor? ¿Había siempre una persona que daba y otra que recibía?

No.

Algunas veces el amor y la pasión eran correspondidos completamente. Ella lo había sentido así.

El deseo que había existido entre Talos y ella había sido mutuo, correspondido. Había sido muy afortunada y ni siquiera se había dado cuenta. Durante toda su vida, había estado centrada en la venganza, en recuperar un pasado que tan solo le había dado penas.

Había apartado a un padrastro que la adoraba para pasar el tiempo con personas por las que no sentía nada. ¿Y todo para qué?

No tenía nada más que las tumbas de las personas que la habían amado, un dinero que no se había ganado y un bebé en camino que no tenía padre. Nada más que una cama vacía y nadie a quien abrazarse en una fría noche de invierno.

–Lo siento, John. Debería haber regresado siempre a casa por Navidad. Te ruego que me perdones –dijo. Entonces, se puso de pie con dificultad–. Trataré de volver pronto para contaros a los dos cómo nos van las cosas.

Rezó una última oración y volvió a casa.

A casa. No podía considerar la finca de los Craig como su hogar. El único lugar al que había considerado así había sido la casa familiar en Massachusetts.

Pero ahora cada noche soñaba con una casa en una isla privada del Mediterráneo...

Respiró profundamente.

Lo echaba de menos.

Sintió que su hijo le daba una buena patada en el vientre, como si apostillara ese sentimiento. Entonces sintió un fuerte dolor en la parte baja de la espalda. Resultaba evidente que Talos no la había echado de menos. Si lo hubiera hecho, la habría seguido hasta allí. Aunque se lo hubiera prometido, no se habría mantenido alejado de ella cuando su hijo estaba a punto de venir al mundo.

De repente, sintió un profundo dolor. Contuvo el aliento y, como pudo, llegó hasta la casa. Entonces, subió los escalones y llamó al ama de llaves.

—¿Es usted, señorita Craig?

Señorita Craig. Como si su matrimonio no hubiera ocurrido nunca. Como si se hubiera divorciado tal y como había prometido. Aún le chocaba escuchar su apellido de soltera aunque había sido ella la que así se lo había pedido a los criados.

—Estaba limpiando algunas de las cosas de su padrastro, tal y como usted me pidió —dijo mientras acudía a la puerta—. Estuve a punto de tirar este sobre, pero entonces me di cuenta de que llevaba su nombre.

—Dámelo —susurró Eve.

Con la ayuda del ama de llaves y el sobre en la mano, consiguió llegar hasta una butaca del comedor.

Temía que, si se tumbaba en el sofá, no podría volver a levantarse. Se dijo que se trataba de las contracciones habituales a lo largo del embarazo. Sin embargo, un instante más tarde, otro fuerte dolor la desgarró por dentro.

Respiró tal y como le habían enseñado en las clases de preparación al parto y trató de controlar el repentino miedo. Su cuerpo le decía que había llegado la hora. Estaba de parto.

Y no quería tener a su hijo sola.

Siempre había creído que Talos volvería a su lado. ¿Por qué iba a hacerlo? Después de todo lo que ella le había dicho durante la discusión que los dos tuvieron sobre su padre...

Su padre.

Abrió el sobre que el ama de llaves le había dado y que llevaba la letra de su padrastro.

Querida Evie:
Encontré esta carta entre los objetos persona-
les de tu madre después de que muriera. No sabía
si debías verla. A veces, creo que es mejor no sa-
ber la verdad. Dejaré que el destino decida. Tu
madre te quiso siempre mucho y yo también. Que
Dios te bendiga.

Había otro sobre más pequeño dentro. No hizo caso a otra contracción porque acababa de ver la letra de su padre en el sobre. Era una carta de amor, fechada el día de antes de que la prensa se hiciera eco de la estafa de su padre.

Bonnie:
No puedo seguir mintiendo. Te dejo. Mi secreta-
ria quiere aventura, como yo, como tú solías bus-
carla en el pasado. Sin embargo, no debes preocu-
parte, cariño. La niña y tú estaréis bien. He
conseguido una buena cantidad de dinero, lo que
me deberían haber dado a lo largo de los años. He
dejado la mitad del dinero para ti.
Dalton.

Eve contuvo el aliento y se apretó la carta con-tra el pecho. Había creído que su madre había muerto porque tenía roto el corazón
Se había equivocado.

«Jamás dijiste quién fue tu fuente. ¿De quién se trataba?»

«Di mi palabra de no revelar nunca su nombre».

Su madre había sido quien traicionó a su padre, pero, a los pocos meses, se sintió abrumada por lo que había hecho. Igual que le había ocurrido a Eve durante los últimos cinco meses. Sin saberlo, había modelado su vida como la de su madre. Había renunciado al amor por la fría satisfacción de la venganza.

Dios Santo, ¿qué había hecho?

Gritó con fuerza al sentir otro dolor en el vientre.

–¿Señorita Craig? –dijo el ama de llaves apareciendo de repente.

–Llámeme «señora Xenakis» –gritó Eve mientras se ponía de pie–. ¡Por favor! ¡Que venga mi marido!

–¿Está de parto? Llamaré el médico. Prepararé el coche y...

–No –susurró Eve jadeando–. No vamos a ninguna parte hasta que él no esté aquí.

Se tambaleó. Las rodillas estuvieron a punto de doblársele al sentir otro fuerte dolor. El bebé estaba a punto de nacer.

Eve miró a su alrededor. No quería ser la mujer que había sido hasta entonces, enterrada en el pasado como lo había estado su madre. Quería un futuro. Quería que su hijo creciera feliz y seguro en un hogar lleno de vida. Quería que Talos ejerciera como padre de su hijo. Como su esposo.

Quería amarlo.

—Por favor, deme el teléfono...

—Usted no se mueva.

El ama de llaves se dirigió al teléfono más cercano y marcó el número que Eve le dio. Tras hablar unos minutos, colgó.

—Su asistente dice que está de viaje por Asia y que no puede localizarlo.

—¿Le ha explicado usted que estoy de parto?

—Sí y le he dicho que a usted le gustaría que su esposo viniera a Londres tan rápidamente como le fuera posible. ¿Puedo hacer algo más?

—No...

No se podía hacer nada. Si Talos estaba en Asia, jamás conseguiría llegar a Londres a tiempo.

Eve sintió ganas de echarse a llorar.

Mientras el ama de llaves lo organizaba todo, ella se cubrió el rostro con las manos. ¿Por qué había estado tan ciega? Talos le había ofrecido su amor y ella lo había rechazado. Desgraciadamente, iba a tener a su hijo sola. Y lo criaría sola. Durante el resto de su vida estaría sola y moriría amándolo. Un hombre al que jamás podría tener. Su hijo no tendría padre y todo sería culpa de ella. Se le escapó un sollozo de entre los labios...

De repente, se oyó un ruido muy fuerte y a alguien gritando.

—Déjeme entrar, maldita sea. ¡Sé que está ahí!

La puerta del comedor se abrió de par en par. Ella levantó la mirada y vio a Talos. Él corrió a su lado y se arrodilló frente a ella.

–Sé que dijiste que no me querías, pero si me dices que me marche ahora...

–No –respondió ella. Lo abrazó con fuerza y se echó a llorar–. Jamás volveré a decirte que te vayas. Estás aquí. Quería desesperadamente que estuvieras a mi lado y ahora estás aquí... Tu asistente nos dijo que estabas viajando por Asia.

–Pero venía de camino hacia acá. Por fin conseguí encontrar a la secretaria de tu padre en la India. Ya tengo pruebas de que...

–Ya no necesito nada –musitó, justo antes de que otra contracción la desgarrara por dentro–. La única prueba que necesito es tu rostro. Has venido. Estás aquí. Por favor... no vuelvas a dejarme nunca más...

–Jamás te dejaré... –prometió. Ella lanzó un grito cuando otra contracción la atenazó por completo–. Dios mío, Eve. Estás de parto –añadió. Se puso inmediatamente de pie–. ¡Kefalas! Prepara el coche. ¡Mi esposa está de parto!

Talos la llevó a Londres saltándose todos los límites de velocidad para que ella llegara a tiempo al hospital. Llegaron demasiado tarde para la epidural. Acababa de acomodarse en su habitación y el doctor Bartlett llegaba para examinarla cuando el niño vino al mundo.

Talos la sostuvo mientras su hijo venía al mundo. En el momento en el que el pequeño estuvo en brazos de su madre, las vidas de ambos cambiaron para siempre.

Talos besó la sudorosa frente de su esposa y los tomó a ambos tiernamente entre sus brazos. Su amor se renovó en aquel mismo instante, brillante y maravilloso como un cometa que ilumina una oscura noche.

Epílogo

¡YA están aquí!

John, de cuatro años, comenzó a correr como un loco por los pasillos cuando oyó que el helicóptero aterrizaba al otro lado de la isla de Mithridos. Eve sonrió a su hijo aunque trató sin conseguirlo de que se callara un poco para que no despertara a su hermana de dos años o al hermanito de seis meses.

Había querido vestirse antes de que los primeros invitados llegaran a la isla, pero había estado tan ocupada con los niños, que no le había dado tiempo. Horrorizada, se dio cuenta de que aún iba vestida con el albornoz que se había puesto tras darse una ducha. Se detuvo en el pasillo frente a la puerta de su dormitorio.

Su vestido, que era blanco con un estampado de delicadas rosas, estaba sobre la cama, esperándola. Entró en el dormitorio y notó que Talos iba tras ella. Comenzó a besarle el cuello mientras le agarraba la cintura con sus fuertes brazos.

—¿Estás preparada para esto? —bromeó.

Eve se dio la vuelta y se puso de puntillas para darle un beso en los labios. Él tampoco se había vestido aún para la fiesta. Aún llevaba la ropa que se había puesto para llevar a los niños a la playa, unos pantalones cortos y una camiseta blanca, que marcaba su musculoso torso. Esa imagen siempre hacía que Eve quisiera comérselo entero...

No era mala idea, teniendo en cuenta que era su aniversario de boda. Lo miró y vio que la expresión de su rostro cambiaba de repente. Con una pícara sonrisa, él comenzó a besarla.

Entonces, el pequeño John tiró algo en la planta de abajo, Annie comenzó a llorar y el bebé también, dado que el ruido lo había despertado prematuramente de su siesta.

Eve le dedicó a su esposo una triste mirada.

–Y nuestros invitados están a punto de llegar.

–Bueno, tenemos unos seis minutos...

–¡Talos! ¡Deberíamos darles a nuestros invitados la bienvenida a nuestra casa!

–Los niños están abajo. Pueden hacerlo ellos.

–¡Eres incorregible!

Sin embargo, suspiró de placer cuando él bajó la cabeza para besarla. Tenía una vida algo caótica, llena de amigos, niños y risas, pero plena de felicidad. Agotadora, pero maravillosa. Era la vida con la que había soñado siempre, a pesar de que dormía menos de cinco horas todas las noches. Se sentía afortunada.

Después de un único beso, Talos dio un paso atrás. Le brillaban los ojos.

–Tengo un regalo para ti. Quería que lo abrieras antes de que llegaran los Navarre, pero...

–¿Por nuestro aniversario? Ya me has dado tanto...

Miró a su alrededor. Contempló el dormitorio en el que hacían el amor todas las noches. Se sentía plena y feliz.

–No quiero nada más –añadió.

–Pues te aguantas. Ábrelo.

Talos le entregó una caja de terciopelo negro. Ella lo abrió y contuvo el aliento. En su interior, había un hermoso collar de diamantes, del que colgaban seis diamantes más talla esmeralda. Cada uno de estos era tan grande como la yema de su dedo.

–Es precioso –susurró–, pero yo no te he comprado nada...

–Eso es lo que tú te crees –dijo. Le colocó el collar alrededor del cuello y se lo abrochó–. Este collar representa nuestra familia. Un diamante por cada uno de nuestros seis hijos.

–¿Seis? ¿Has estado bebiendo *ouzo*? Solo tenemos tres hijos.

–Hasta ahora... –susurró él. Entonces, bajó la cabeza para besarla.

Diez minutos más tarde, cuando los Navarre entraron por la puerta principal de la casa, solo encontraron a los niños para que les dieran la bienvenida, algo que hicieron en medio de un enorme revuelo.

–Bajarán dentro de un minuto –dijo la niñera, algo nerviosa.

Lia y Roark se miraron el uno al otro y sonrieron.

No necesitaban ninguna explicación.

Bianca

Utilizaría el deseo que no habían saciado durante cinco largos años para que ella volviese a su lado

El cuento de hadas terminó para Petras cuando el reloj dio las doce el día de Año Nuevo y la reina Tabitha, que se negaba a seguir soportando un matrimonio sin amor, pidió el divorcio a su marido. Pero la furia se tornó en pasión y cuando Tabitha se marchó del palacio estaba esperando un heredero al trono.

Al descubrir el secreto, Kairos decidió secuestrar a su esposa. Con el paradisíaco telón de fondo de una isla privada, le demostraría que no podía escapar de él...

PROMESA DE DESEO
MAISEY YATES

Acepte 2 de nuestras mejores novelas de amor GRATIS

¡Y reciba un regalo sorpresa!

Oferta especial de tiempo limitado

Rellene el cupón y envíelo a
Harlequin Reader Service®
3010 Walden Ave.
P.O. Box 1867
Buffalo, N.Y. 14240-1867

¡Sí! Por favor, envíenme 2 novelas de amor de Harlequin (1 Bianca® y 1 Deseo®) gratis, más el regalo sorpresa. Luego remítanme 4 novelas nuevas todos los meses, las cuales recibiré mucho antes de que aparezcan en librerías, y factúrenme al bajo precio de $3,24 cada una, más $0,25 por envío e impuesto de ventas, si corresponde*. Este es el precio total, y es un ahorro de casi el 20% sobre el precio de portada. !Una oferta excelente! Entiendo que el hecho de aceptar estos libros y el regalo no me obliga en forma alguna a la compra de libros adicionales. Y también que puedo devolver cualquier envío o cancelar en cualquier momento. Aún si decido no comprar ningún otro libro de Harlequin, los 2 libros gratis y el regalo sorpresa son míos para siempre.

416 LBN DU7N

Nombre y apellido	(Por favor, letra de molde)	
Dirección	Apartamento No.	
Ciudad	Estado	Zona postal

Esta oferta se limita a un pedido por hogar y no está disponible para los subscriptores actuales de Deseo® y Bianca®.
*Los términos y precios quedan sujetos a cambios sin aviso previo.
Impuestos de ventas aplican en N.Y.

SPN-03   ©2003 Harlequin Enterprises Limited

Deseo

CRISTO

Enredos de amor

BRONWYN JAMESON

Su nuevo cliente era endiabla-
damente guapo, con un encanto
devastador… y escondía algo.
¿Por qué si no iba a interesarse
un hombre tan rico y poderoso
como Cristo Verón por los servicios domésticos de Isabelle
Browne? Sus sospechas se
confirmaron cuando descubrió
su verdadera razón para contra-
tarla. Y, sin saber bien cómo,
aceptó su ridícula proposición.
Cristo protegería a su familia a
cualquier coste, y mantener a
Isabelle cerca de él era esencial
para su plan. El primer paso era
que ella representara el papel de su amante, pero no
había contado con que acabaría deseando convertir la
simulación en realidad.

De sirvienta a querida

¡YA EN TU PUNTO DE VENTA!

Bianca

¿Qué haría cuando descubriese que ella tenía un secreto que tal vez no pudiese perdonarle jamás?

Una deliciosa noche de pasión en la cama de Larenzo Cavelli le había cambiado la vida entera a Emma Leighton. Al amanecer, ya supo que Larenzo iba a pasar el resto de su vida en la cárcel y que no volvería a verlo jamás.

Larenzo había ido a la cárcel por culpa de una traición. Dos años después, había conseguido limpiar su nombre, y estaba dispuesto a recuperar su vida... empezando por Emma.

TRISTE AMANECER
KATE HEWITT